오늘 내가
살아갈
이유

◆ 일러두기
* 저자의 이름 于娟을 우리 말로 표기하면 '위쥐안'이나, 발음상 편이를 위해 위지안으로 표기했습니다.
* 이 책은 원문의 구성을 재배치하여 편집했습니다.

오늘 내가 살아갈 이유

위지안 지음
이현아 옮김

위즈덤하우스

Prologue

오늘 내가 살아갈 이유

그해 겨울, 나는 프랑크푸르트 공항에 혼자 앉아 있었다. 유학 중이던 노르웨이 오슬로로 돌아가는 길이었다.

창밖으로 하얀 눈이 흩날리는 추운 밤, 2005년의 마지막 날은 소리 없이 2006년의 첫날로 넘어가고 있었다. 나는 해마다 이 순간을 경이로운 마음으로 맞이한다. 시곗바늘은 늘 하던 일을 하는 것뿐이겠지만, 초침이 딱 한 칸 움직이는 그사이에 '끝'이 '처음'으로 변하는 건 1년에 단한 번뿐이지 않은가.

그래, 영원한 '끝'은 없다. 끝이라 여기는 순간, 뒷면에 있던 시작이 다시 앞으로 온다. 앞뒤가 번갈아 도는 것처럼 시작과 끝도 영원히 번갈아 돈다. 참 고마운 회전이다.

2005년은 나에게 새로운 도전의 한 해였지만, 나는 여전히 지혜롭지 못했고, 바라던 만큼 부지런하지 못했으며, 사려 깊지도 못했다. 그해에 나는, 가장 소중한 두 사람을 잃었다. 지독한 외로움과 상실감 속에서도 꾸역꾸역 한 해를 보냈다.

사람은 나이가 한 살씩 들어갈수록 자신이 진심으로 무엇을 원하는지 점점 알 수 없게 된다고 한다. 그래서 더욱 더 미친 듯이 찾아 헤맨다고들 한다.

2006년의 첫날을 맞이했던 그때의 나도 그랬다. 내가 어떤 삶을 원하는지 알 수 없었다. 그런 혼란 속에서 굳게 결심을 했다.

'열심히, 그리고 너그럽게 마주한다면 삶은 결코 나를 배신하지 않을 거야. 인생이 한 편의 시(詩)라면 세월이 갈수록 점점 아름답게 다듬을 수 있을 테니까.'

하지만, 그로부터 4년 뒤인 2009년, 운명은 보기 좋게 나의 뒤통수를 때렸다. 점점 아름다워질 거라 믿었던 나의 시는 더 이상 다듬을 수 없게 되었다. 나는 갑자기 말기 암 환자가 되었다.

내 삶에서 '가야 할 길'이라는 게 송두리째 사라졌다. 내 삶과 함께했던 리듬과 음악은 '쿵' 하는 소리와 함께 끊어졌고, 나의 세상은 빛을 잃어버렸다. 그리고 지금, 아무렇지도 않게 창밖으로 또 한 해가 저물고 있다. 끝이 시작으로 바뀌는 시간이지만, 나에게는 초침이 넘어가도 여전히 끝만 남아 있는 것 같다. 나는 조용히 앉아 상념이 물처럼 소용돌이치며 흘러가는 것을 그저 가만히 지켜보고 있다.

'그래, 2010년이 가고 있구나.'

대부분의 나날들을 병상에 누워 아무것도 한 것이 없는 한 해였다. 동시에 가장 큰 성과를 거둔 해이기도 했다. '내 손으로 내 마음 쓰기'를 시작했고, 해가 바뀌는 순간까지 지속해왔다는 점에서 말이다.

지금부터 그 기록을 정리하려고 한다. 예전처럼 과거를 돌아보고 미래를 준비하는 '흔한 연말연시'가 아닌, '전혀 새로운 의미의 연말연시'를 맞으려고 한다. 고통스럽고 힘들겠으나, 지금부터 내 인생의 마지막 언저리에 와서야 깨닫게 된 것들을 정리해 남겨놓고자 한다.

30년 동안 키워온 재능을 막 펼치려 하는 순간, 덜컥 암에 걸린 사람은 그다지 많지 않을 테고, 병에 걸렸다는 것을 자각하는 순간, 이미 암세포가 온몸으로 전이되어 손쓸 수단이 없다는 것을 알게 된 사람 역시 많지 않을 것이다.

불치병에 걸려 '언제 신이 내 목숨을 거둬 가실까' 전전긍긍하는 이들 중에서 '내 손으로 내 마음을 쓰는 사치'를 부릴 수 있는 사람은 거의 없을 것이다.

이 때문에 지금 내가 정리하고 있는 글들은 꽤 가치가 있는 것 아닐까, 혼자 우쭐해서 웃음을 지으며 키보드를 조심스럽게 두드린다.

솔직히 말해, 자신이 없다. 글들을 어떻게 정리해야 할지 모르겠다. 그동안 써놓은 것들을 보니까 도무지 두서가 없고 갈피없이 우왕좌왕하는 것들이 많다. 열네 번이나 화학요법을 받은 후유증이라고 스스로 핑계를 대어본다.

가급적이면 고통에 관한 내용은 피하고 싶다. 아직도 마음 깊은 곳에는 끔찍한 기억을 피하고만 싶은 나약한 내가 존재하기 때문이다. 지금 나는 충분히 강해졌다고 큰 소리로 말할 수 있지만, 그래도 어둡게 스며드는 아픔의 기억은 너무 무서워서 마주하고 싶지도 않다.

사실 내가 이 글을 쓰는 진짜 이유는, 사람들에게 이 말을 꼭 해주고 싶어서다.

'그 어떤 고통도 모두 지나간다.'

이별? 지나간다. 마음의 상처? 지나간다. 실패? 다 지나간다. 설령 불치병이라도 모두 다 흘러가는 구름이다.

시한부 인생을 선고받은 뒤 삶의 모든 것이 끝나버렸다고 생각했는데, 아이러니하게도 새로운 삶이 시작되었다. 마치 연말에서 연초로 바뀔 때 초침이 딱 한 칸 움직여 '끝'이 '처음'으로 변한 것처럼 말이다. 끝이라 여기는 순간, 뒷면에 있던 시작이 다시 앞으로 오는 것처럼.

새로운 하루하루가 마치 인생의 처음처럼 낯설게 다가왔다. 세상에 처음 나온 아이처럼 하나하나, 전에는 알지 못했던 것들을 알게 되었다. 삶의 끝에 와서야.

지금에야 깨닫게 된 것들을, 암에 걸리기 전에 미리 알았더라면 얼마나 좋았을까. 다만 그것이 아쉬울 뿐이다. 그랬더라면 내 삶을 더 행복한 것들로 가득 채울 수 있었을 텐데.

우리는 뭔가를 잡기 위해서는 아주 먼 곳까지 전속력으로 달려가야 한다고 믿으며, 십중팔구 그런 믿음이란 것이 '턱도 없는 신기루'에 불과하다는 진실을 끝끝내 인정하지 않으려고 한다. 엄청난 대가를 치르고서야, 혹은 모든 게 끝난 뒤에야 그보다 훨씬 값진 일을 지나쳐버렸음을 후회하곤 한다.

이제부터 삶의 끝에 와서 내가 알게 된 것들을 하나하나 정리할 생각이다. 어떤 이야기는 떠올리기도 싫을 정도로 고통스러울 수도 있겠다. 그러나 그런 고통 덕분에 내가 더 많이 알게 된 것도 사실이니, 세상일이란 게 원래 그런 모양이다.

서른 살에 세계 100대 대학의 교수가 되었고, 그 반짝거림을 채 즐기기도 전에 시한부 인생을 살게 되었지만, 나의 삶은 그로 인해 새로 시작되었다. 나는 여전히 건재하고, 내게는 오늘을 살아갈 이유들이 있다. 내일 아침에 일어나면 또 다른 이유가 생길 것이다. 그런 이유를 하나씩 깨달아가며 나는 최후의 순간까지 앞으로 나아갈 것이다. 더 강한 나로, 거침없이.

니체를 자주 인용하지는 않으나, 이 말만큼은 밑줄을 그어가며 읊고 싶다.

지금 내가 당신에게 해주고 싶은 말이다.

"너를 죽일 수 없는 것이
결국 너를 더 강하게 할 것이다."

첫 번 째 이 야 기

삶의
끝에 서서

암이란다.
얼마나 오래 살지 아무도 말해주지 않는다.
머릿속이 하얗게 비었다.
다만 '어떻게 살아갈까?'
이 생각 하나만 남았다.

작은 행동에도
커다란 마음이 담길 수 있다는 것

나는 어려서부터 유독 추위를 탔다. 여름에도 항상 여벌옷을 가지고 다녀야 했다. 낮에는 민소매 차림으로 다니다가 해가 저물 무렵이면 가방에서 카디건을 꺼내 입곤 했다.

몸이 병약해서가 아니었다. 오히려 웬만한 남자애들보다 건강했다. 나는 어린 시절 대부분을 운동장에서 보냈다. 주로 남자애들과 어울려 축구, 농구를 하며 성장했다. 그런데도 추운 건 질색이었다. 그 이유에 대한 가족들의 분석은 제각각이었다. 아기 때 감기를 심하게 앓아서 그렇다는 얘기도 있었고, 따뜻한 걸 유난히 좋아하는 외할머니를 닮아서 그렇다는 주장도 있었다.

"상하이는 남쪽인데, 뭐가 춥다는 거냐"고 말하는 사람도 있다. 그건 잘 몰라서 하는 말이다. 상하이는 습도가 매우 높아서 한겨울에도 60~70퍼센트에 달한다. 기상학자들은 일반적으로 습도가 10퍼센트씩 올라갈 때마다 체감온도는 1도씩 떨어진다고 이야기한다. 가을만 되어도 밤이 되면 으슬으슬하게 추워지는 곳이 상하이인 것이다.

푸단대학에서 박사 학위를 받은 뒤 내 수업을 배정받았을 즈음의 일이다. 학교 수업 준비와 프로젝트 때문에 한 달가량을 휴일도 없이 바쁘게 보냈다. 새벽까지 일을 하느라 수면 부족에 시달렸고 점심을 먹다가도 꾸벅꾸벅 졸기 일쑤였다.

그날도 새벽 세 시가 넘은 시간까지 야근을 하다가 집에 돌아갔다. 늦가을이었지만 몸은 꽁꽁 얼어 있었다. 쌩쌩 불어오는 바람을 정면으로 맞아가면서 30분 넘게 자전거를 타고 집에 돌아왔으니 그럴 만도 했다.

춥고 졸렸다. 따뜻한 침대가 절실하게 그리웠다. 너무 피곤해서 계단에 엎어지기라도 하면 그대로 잠들 것만 같았다.

아파트 현관문을 열자, 훈훈한 기운이 나를 반갑게 맞이했다. 그 온기에 녹아버린 나는 샤워고 뭐고 다 귀찮을 뿐이었다. 그런 걸 할 시간이 있다면, 1분이라도 더 자는 게 낫겠다 싶었다. 거실 바닥에 배낭을 내려놓는 동시에 겉옷을 대충 벗어 던지고는 안방 문을 열며 따뜻한 침대 속으로 골인……

그런데 내 자리에는 남편이 코를 골면서 잠들어 있었다. 침대에 골인해 꿈나라로 직행하겠다는 나의 달콤한 계획이 물거품이 되어버렸다. 남편을 거칠게 흔들어 깨웠다.

"이봐, 이봐, 저쪽 가서 자란 말이야. 왜 맨날 내 자리를 빼앗는 거야."

남편이 깜짝 놀라 눈을 뜨더니 한 바퀴 굴러 자기 자리로 가서 누웠다.

"미안해. 기다린다고 누워서 책을 보다가…… 깜빡 잠이 들었네."

남편은 침대의 내 자리를 빼앗는 것을 은근히 즐기는 것 같았다. 신혼 때, 나의 '독특하게 잠드는 습관'을 보고 물어온 적이 있다.

"왜 그렇게 벽을 보고 자는 거야? 그렇게 모로 누우면 왼쪽 어깨에도 좋지 않을 텐데."

나는 이렇게 대답했다.

"어릴 때부터의 습관이야. 외할머니가 나를 키웠는데, 처음엔 낯을 가려서 할머니 얼굴만 보아도 빽빽 울었다는 거야. 할 수 없이 벽을 보게 하고 등을 토닥여 재웠다나? 그래선지 지금도 눈앞에 벽이 없으면 잠을 못 자. 잠들고 나서는 왼쪽 오른쪽으로 뒤척이니까 어깨에는 탈이 없어."

그런데도 남편은 틈만 나면 내 자리를 빼앗아 누워 있다가 핀잔을 듣고서야 빙그레 웃으며 자기 자리로 옮겨 가곤 했다. 기분이 좋을 때에는 상관없었다. 그 정도 장난이라면 맞대응해줄 수 있는 거니까. 그런데 피곤하거나 일이 잘 풀리지 않을 때에는 그런 장난을 받아줄 마음의 겨를이 없었다. 짜증을 낸 게 한두 번이 아니었다. 그런데도 남편은 한사코 장난을 포기하지 않았다. 화를 낼 때마다 사람 좋은 미소를 지을 뿐이었다.

병원에서 암으로 판명되어 수많은 검사를 받을 때의 일이다.

CT(컴퓨터 단층촬영, computed tomography)와 MRI(자기공명영상, magnetic resonance imaging) 같은 첨단 장비로 온몸의 구석구석 검사를 마친 뒤 이동용 응급침대에 실려 병실로 돌아오면, 가장 먼저 남편의 얼굴이 천장을 가리며 나타났다.

남편과 간호사들이 시트를 한 자락씩 들어 나를 침대로 옮기고 이불을 덮어주었다. 얼음장처럼 차가운 첨단 장비 위에서 한참 동안 오들오들 떨며 누워 있다가, 푹신한 침대로 돌아와 이불까지 덮으니까 겨우 살 것 같았다.

그런데 침대의 어딘가가 이상했다. 편안하고 따뜻한 느낌. 입원실 온도가 낮지는 않았지만, 침대 속에는 그 이상의 안온함이 있었다. 흡사 누군가가 누워 있다가 방금 빠져나온 듯한 감촉. 바로 짚이는 게 있었다. 남편에게 물었다.

"이봐, 당신. 내 침대에 누워 있었지?"

남편이 대답 대신 빙그레 웃었다. 집에서 하던 장난을 병원에 와서까지 하다니. 뭐라고 한마디 하려는데, 옆에 서 있던 간호사가 끼어

들었다.

"조금 아까 침대에 눕는 걸 보고 제가 경고를 했죠. '보호자가 환자 침대에 눕는 건 규정 위반'이라고요. 그랬더니 이렇게 대답하시더군요. '집사람이 유난히 추위를 타기 때문에 내 체온으로 미리 덥혀놓아야 한다'고요."

그 순간, 나는 벙어리처럼 아무 말도 할 수 없었다. 신혼시절부터 최근까지의 일들이 말 그대로 파노라마처럼 펼쳐졌다.

그렇게 구박을 받아가면서도 내 자리에 누워 있던 남편. 그의 마음을 나는 알지 못했던 것이다. 거의 매일, 그런 따뜻한 마음을 받으면서도 어떻게 모를 수가 있었을까. 조금만 생각해보아도 알 수 있는 것을, 장난이라고 단정해버리고는 짜증만 냈다니.

어쩌면 내 마음의 문이 좁았기 때문이었는지도 모르겠다. 결혼기념일이나 생일에 그럴듯한 선물이나 받아야 남편이 나를 생각해주는 것이라고 믿었다.

이를 앙다물었는데도 자꾸 눈물이 흘러내렸다.

"어째서 이제야 알게 된 것일까.
사소해 보이는 작은 행동 하나에도
커다란 마음이 담길 수 있다는 것을."

우리 삶에
정해진 법칙이란 없다는 것

　그때는 모든 게 최고였다. 유학을 다녀와 박사 학위를 땄고, 세계 100대 명문대 안에 꼽히는 푸단대학교의 교수로 첫발을 내딛었다. 내 인생 최고의 순간이었다. 아들을 낳았고, 제안했던 '에너지 숲' 관련 프로젝트들이 줄줄이 승인을 따냈다. 하지만 그렇게 힘들여 쌓은 성공들이, 어이없게도 하루아침에 날아가고 말았다.

　2009년 10월의 어느 날 밤, 나는 운명이 바뀌는 소리를 들었다.

　그 학기에는 전공 수업 두 과목을 맡고 있었다. 그날은 수업을 마치고 연구실을 나서자마자 곧장 자전거에 올랐다. 다음 날부터 정신없이 바빠질 예정이었으므로 그날 하루쯤은 편히 쉬어야겠다는 생각에서였다.

　날은 금방 저물었고 마음은 괜스레 바빠졌다. 집에 가는 길에 마트에 들러 장을 봐야 했다.

승합차 한 대가 스쳐 지나가자 차가운 바람이 일어났다. 오싹 추워졌다. 이따금 자동차를 타고 편안하게 출퇴근하고 싶은 유혹도 들었지만, 화석연료가 우리 환경에 어떤 영향을 미치는지 알기에 자전거에 대한 고집을 꺾지 않았다.

　페달을 밟으며 집 근처에 이르렀을 때, 길 옆 컴컴한 골목에서 누군가가 갑자기 튀어나왔다. 피하려고 핸들을 트는 순간, 삐끗 하는 느낌과 함께 허리에 끔찍한 통증이 느껴졌다. 마치 부러진 뼈가 신경을 찌르는 것 같은 느낌이었다.

　'핸들을 홱 틀다가 허리가 접질렸나?'

　설마…… 내 자전거 실력은 수준급이었다. 열두 살 때부터 두 손을 놓고 자유자재로 탈 수 있을 정도였다. 험한 길에서 외발자전거를 탄다 해도 부상을 입는 일은 없을 거라 자신해왔다. 그래, 근육이 약간 뭉친 정도일 거야.

　나는 통증이 가시기를 기다렸다가, 자전거를 끌고 걸어가 마트에서 장을 본 뒤 집으로 돌아왔다.

　비극은 다음 날부터 시작되었다. 허리가 끊어질 것처럼 아파서 침대에서 꼼짝도 할 수 없었다. 몸을 약간만 움직여도 비명이 저절로 나올 만큼 아팠다.

　'이건 아니야, 뭔가 이상해.'

네 발로 뛰어도 모자랄 만큼 바쁜 시기였다. 강의 두 개는 물론 프로젝트 중간보고에, 집필하던 책 원고 정리에 하루 20시간을 부어도 부족할 판이었다. 그런데 갑자기 허리 통증으로 꼼짝 못하게 되자 눈앞이 캄캄했다.

남편 맥도널드(결혼 후 몇 년 지나자, 머리가 맥도널드 햄버거의 M 마크처럼 벗겨지기 시작하는 바람에 내가 지어준 애칭)는 나를 휠체어에 싣고 이 병원에서 저 병원으로 정신없이 뛰어다녔다. 그때까지만 해도 '빨리 치료받고 다시 학교에 나가야지' 하는 생각뿐이었다. 강의와 프로젝트, 원고 걱정 때문에 누워 있어도 마음이 편하지 않았다.

가는 병원마다 '허리 근육 손상'이라고 진단을 내렸다. 파스와 찜질, 저주파, 물리치료가 이어졌지만 통증은 좀처럼 가시지 않았다. 침도 맞았고 유명한 마사지 전문가의 근육 스트레칭 치료도 받아보았다.

그런데 그런 시술 행위가 사실은 나의 죽음을 재촉하는 짓이었다는 걸 그때는 상상도 하지 못했다. 혈액순환을 돕는 약을 먹고 근육을 풀어주는 그 모든 진료 행위로 인해, 내 몸속의 암세포는 전보다 더욱 빠른 속도로 구석구석까지 전이되고 있었던 것이다.

통증은 점점 심해지기만 했고, 허리 근육을 치료하기 위한 모든 시도가 수포로 돌아갔다. 조금만 움직여도 예리한 송곳으로 근육을 찌르고 무딘 칼로 뼈를 깎는 듯한 통증이 엄습해왔다. 며칠 전까지 팔

팔하게 수업을 하던 내가 눈 깜짝할 사이에 불구의 몸이 돼버렸다. 혼자 침대에서 일어나지도 못하고, 스스로 밥을 먹을 수도 없었다. 그저 죽음만 기다리는 사람처럼 누워 있을 뿐이었다. 더욱 기가 막힌 것은, 그때까지도 허리가 '심하게' 삔 정도로만 여겼다는 사실이다.

정밀 진단을 받기 위해 큰 병원을 찾기로 결정했을 때에는, 이미 들것에 옮겨 싣는 것조차 불가능한 상태였다. 누군가의 입김만 살짝 닿아도 뼈마디를 찌르는 것처럼 고통스러웠고 정신을 잃을 지경이었다. 결국 구급요원 세 명과 맥도널드가 침대 시트를 수평으로 들고 마치 종이를 잡아당기듯이 들것에 옮겼다. 요원들은 내 주변을 충격 흡수용 에어쿠션으로 둘둘 감싼 뒤에야 구급차에 실었다.

나는 병원 중환자실로 옮겨졌다. 그사이 진행된 몇몇 절차들은 기억조차 나지 않고, '차라리 죽는 것이 낫겠다'는 말로도 모자랄 만큼 지옥 같은 고통뿐이었다. 누군가 크게 내딛기만 해도 엄청난 진동이 밀려와 끔찍한 아픔으로 이어졌다. 나는 이를 악물고 버틸 뿐이었다.

나중에야 알게 되었지만, 그때 나의 상황은 어떤 진통제도 소용없을 뿐더러 그런 고통을 맨정신으로 견딘다는 것 자체가 쉽지 않은 케이스였다고 한다.

며칠 뒤 PET CT(양전자 컴퓨터 단층 촬영) 결과가 나왔다. 담당 의사는 대수롭지 않다는 듯 컴퓨터 화면을 띄우다가 점점 낯빛이 어두워지더니 무선 마우스를 바닥에 떨어뜨리고 말았다. 맥도널드의 얼굴도 파랗게 질렸다.

나는 젖 먹던 힘까지 쥐어짜 간신히 말했다.

"나도 보게 해줘."

담당 의사가 모니터 각도를 조절해, 누워 있는 내가 눈만 돌려서도 볼 수 있게 해주었다. 화면을 보자, 눈앞이 아득해졌다.

"이게 내 뼈예요? 왜 이렇게 까매요?"

온통 까맸다. 그 옆에는 견갑골, 척추, 늑골, 치골 등 뼈 이름마다 모두 '다발성 병소'라고 적혀 있었다. 의사가 화면을 여러 번 바꾸자, 보고서가 나타났다. 그 마지막 줄에는 이런 식의 결론이 나와 있었다.

'골수종양 의심. 원인 불명의 고형암 전이도 배제할 수 없음.'

골수종양이란 게 뼈암이라는 것 정도는 알고 있었다. 그런데 내가 죽음 근처에 이르렀다는 사실을 알게 된 그 순간, 이상하게도 드라마나 영화에서처럼 하늘이 빙글빙글 돌거나 눈앞이 하얗게 변하지는 않았다. 오히려 모순된 두 개의 생각이 서로 다투는 바람에 혼란스럽기만 했다. 하나는 '죽을 만큼 아팠던 원인을 알게 됐으니 다행'이라는 것이었고, 다른 하나는 '혹시 검사 결과가 잘못된 것이 아닐까' 하는 실낱같은 희망이었다. 그동안 아픈 허리를 치료하기 위해 수많은 병원을 돌아다녔지만, 암을 의심하는 곳은 단 한 군데도 없었다. 더구나 허리가 아파서 이렇게 됐는데, 무슨 골수종양이란 말인지.

"종양이 어디 있다는 거니? 종양이 보이지도 않는데 왜 그렇게 아
픈 거야?"

아빠는 PET 검사 결과를 이해하지 못했다. 맥도널드는 골수종양
치료에 가장 많이 성공한 병원이 루이진 병원이라는 얘기를 전해 듣
고 어딘가로 전화를 걸었다.

"P선생님, 제 아내 위지안이 골수종양에 걸린 것 같습니다. 그래서
루이진 병원에 가려고 하는데 혹시 그 병원에 아는 의사 없으세요?"

오, 이런! P선생님한테 전화를 걸다니. 루이진 병원은 자오퉁 대
학교 부속병원인데 푸단대학의 인문대학장에게 전화를 걸어 도움을
요청했으니, 지금 생각해보면 가난한 젊은이가 오바마 대통령에게
전화를 걸어 '제가 이란에서 사업을 하고 싶은데 혹시 도와줄 수 있
나요?' 하고 묻는 격이었다.

P선생이든 오바마든, 맥도널드에게는 상관이 없었다. 그는 다짜고
짜 구급차를 불러 나를 싣고는 곧장 루이진 병원으로 향했다.

루이진 병원 응급실에서 정밀 검사를 받은 결과, 이미 온몸의 신경
이 암세포에 잠식된 상태였고, 극심한 통증으로 경련마저 나타나고
있었다. 검사를 위해 피를 뽑을 때마다 바늘 끝이 피부에 닿기만 해
도 근육이 강하게 수축했다. 그런 종류의 근육 경련은 나의 의지로

통제할 수 없었다. 간호사는 간호사대로 피를 뽑을 수 없어서 곤혹스러워했다.

　혼잡한 응급실 구석에 누워 통증이 잠시나마 가라앉기를 기다리는 동안, 벽에 걸린 달력이 눈에 들어왔다. 2009년의 마지막 주였다. 내 몸이 암세포에 완전히 함락당했다는 사실을 알게 된 그때, 나는 고통과 두려움 속에서 식은땀을 흘리며 바들바들 떨고 있었다.

　서른 살에 세계 100위 안에 드는 대학의 교수가 되었고, 역시 대학교수인 미남 배우자에 건강하고 똑똑한 아이까지 있는 성공 인생.

　그런 인생을 누릴 만한 충분한 자격이 내게 있다고 믿었다. 남들 이상으로 노력했고 목표에 이르기 위해 온갖 고생을 마다하지 않았으니까. 성공의 법칙이란 그런 것이고 세상은 그런 법칙들에 의해 움직인다고 생각해왔다.

　그런데 내 인생은 불의의 일격을 받고 어이없이 무너져 내렸다. 굳건하게 믿었던 법칙 같은 것은 아무짝에도 쓸모가 없었다. '이렇게 하면 반드시 저렇게 될 거야' 하고 기대한들, 언제나 그렇게 되는 건 아니라는 얘기다.

　어쨌거나, 나는 내 운명이 송두리째 바뀌었다는 사실을 직시해야만 했다. 앞날이 창창한 대학 여교수에서 앞날이 얼마 남지 않은 초라한 말기 암 환자 신세로.

　어디선가 읽었던 '병은 존재의 증거'라는 구절을 생각해냈다.

"사람은 갑작스럽게 큰 고통에 직면했을 때,
비로소 자신이 살아 있다는 사실을 생생하게
떠올리게 된다는 것을."

그렇게 느닷없이 팽개쳐진 운명이, 그날 이후 나의 삶을 전혀 다른
방식으로 바라보게 하는 계기가 되었다.

인사조차 나눌 틈이 없는
작별도 있다는 것

　나는 유년 시절을 주로 외가에서 보냈다. 아빠와 엄마가 늘 바빴기 때문이었다.

　이모는 서른다섯에 혼자가 된 이후 외가에서 할아버지 할머니와 함께 살았다. 나는 사촌 오빠와 친구처럼 놀았다. 그러다 보니 자연스럽게 남자아이들과 어울리게 되었다.

　지금까지도 웃음이 나는 추억 한 토막.

　동네 아이들과 축구 경기를 하는데, 상대편 공격수가 엄청난 강슛을 날렸다. 골키퍼였던 나는 그 녀석이 공을 차는 걸 보고는 정신을 잃고 말았다. 공이 내 이마에 정통으로 맞은 것이었다.

　"이 녀석! 일부러 내 동생을 겨냥해 찼지!"

　오빠가 달려와서 나를 일으켜보니 이마에 주먹만 한 혹이 나 있었다. 오빠는 그 녀석이 고의로 나를 향해 강슛을 날렸다고 의심했다.

"무슨 소리야? 계집애한테 골키퍼를 맡기니까 이런 일이 생긴 거 아냐!"

오빠는 그 녀석이 사과는 하지 않고, 도리어 잘못을 뒤집어씌우자 흥분한 나머지 먼저 주먹을 날렸다. 내가 정신이 어질어질해 도대체 무슨 일이 일어났는지 파악하지도 못한 사이, 오빠와 그 녀석이 뒤엉 켜 싸우기 시작했다. 그 녀석의 힘이 오빠보다 월등하게 셌던 모양이 었다. 오빠 얼굴이 나보다 참담해졌으니까.

사촌 오빠는 그 사고로 인해 내가 바보가 되지 않았을까 전전긍긍 했다. 약아빠진 나는 그걸 빌미로 오빠를 협박하곤 했다. 귀찮은 숙 제를 모두 오빠에게 맡겼다. 오빠가 거절을 할 기색이라도 보이면 "오빠 때문에 축구공 맞아서 머리가 나빠졌으니까 책임을 져야 한 다"고 강짜를 부리곤 했다.

세월이 조금 흐른 뒤, 오빠는 축구 대신 농구 시합에 나를 데리고 갔다. 농구에는 강슛이 없으니까 위험하지 않을 거라고 생각했던 것. 그런데 원수는 외나무다리에서 만난다더니, 축구 강슛으로 나를 기 절시켰던 그 녀석이 농구 시합에도 나타났다. 이번에는 패스를 하다 가 나를 밀쳐 넘어뜨렸다.

"이 자식! 너 그때 덜 맞았구나!"

자기가 일방적으로 두들겨 맞았던 주제에, 오빠가 고함을 치면서 나섰다. 그런데 녀석은 어쩐 일인지 오빠의 주먹을 슬금슬금 피하기만 했다. 오빠가 욕을 하는데 맞서지도 않았고, 어쩌다가 한 대씩은 기꺼이 맞아주는 것처럼 보였다. 축구 시합 이후 기가 죽은 것인지, 우리 사촌 남매의 우애에 감동했는지 알 수 없었다.

이듬해에 그 이유를 알게 되었다. 녀석이 나한테 '사귀자'면서 편지를 보내온 것이었다. 태어나서 처음으로 받아본 연애편지였다.

오빠가 그 사실을 알고 녀석에게 본때를 보여주겠다면서 득달같이 달려나갔다. 감히 '우리 가문의 꽃'을 탐했으니 맞아도 싸다는 것이었다. 이번에는 내가 그 자리에 없어서였는지, 오빠는 얼굴이 퉁퉁 붓고 눈 주위에 퍼렇게 멍이 든 채 돌아왔다.

오빠의 몰골에 나는 열이 받았다. 친구들과 이야기하고 있는 그 녀석에게 질주해 쓰러뜨리고는 발로 걷어찼다. 녀석은 몇 번을 걷어차였는데도 반항하지 않았다. 머쓱해진 나는 그냥 돌아오고 말았다.

그 이후로 나는 일약 동네 스타가 되었고, 동네의 어느 누구도 '작은 여자 깡패'를 함부로 대하지 못했다. 이모는 "쟤가 나중에 시집이나 갈 수 있을까" 하며 고개를 갸웃거리곤 했다.

그 오빠는 지금 베이징의 신문사에서 기자로 일하고 있다.

루이진 병원 응급실에 도착한 지 이틀째 되는 날이었다. 새벽 세 시쯤 요란한 소리가 들리더니 내 옆 침대로 새 환자가 실려 들어왔다.

"아니, 별것도 아닌 걸 가지고 응급실까지 데려오고 난리야!"

환자는 정말 멀쩡해 보였다. 다른 지역에서 온 34세의 건강한 남자였다. 아침에 혈뇨를 봤지만, 별일 아니라는 생각에 손을 씻고 일을 하다 갑자기 기절을 했단다. 침대에 누워서도 그는 쉴 새 없이 투덜거렸다. 사촌 오빠와 나이도 비슷하거니와 목소리나 하는 짓이 너무 닮았다.

나는 그 건강해 보이는 환자에게 인사를 하고 싶었지만 아픔 때문에 꼼짝도 할 수 없었다. 세포의 면역 기능이 모두 망가졌는지 바람만 살짝 스쳐도 뼈와 살이 으스러지는 것 같은 고통을 받았다.

고통이 조금 잦아든다면 내일 아침에라도 옆 침대의 남자와 인사를 나누겠다고 마음먹었다. 지금 생각해보면 그때는 어쩐 일인지 과한 감상에 빠졌던 것 같기도 하다. '암'이라는 청천벽력 같은 충격에 한참 동안 울다가 정신이 조금 이상해졌을 수도 있겠다.

그 남자가 오랫동안 만나지 못한 사촌 오빠처럼 여겨진 것이다. 내가 이대로 죽을 운명이기 때문에 사촌 오빠를 대신해 이 남자를 만나게 된 것 아닌가 하는, 그만큼 친근한 느낌이었다.

응급실 의사가 노트북 컴퓨터로 PET CT 결과를 보다가 남편에게 물었다.

"먼젓번 병원에서는 어떤 진통제를 처방받았습니까?"

화면 속의 내 몸은 온통 새카맣기만 했다. 남편 맥도널드가 잠깐 생각하고는 대답했다.

"검사는 많이 했지만 진통제 이야기는 없었습니다."

의사는 그 말에 깜짝 놀라더니 맥도널드의 귀에 속삭였다.

"보통 이 정도 상태라면 맨정신으로는 고통을 견뎌낼 수 없습니다. 잠이 들거나 기절을 해도 금방 깨어나고요."

그런 대화가 오가는 중에도 나는 어금니를 꽉 문 채 죽을힘을 다해 버티고 있었다.

"아침에 퇴원할 거야! 내가 지금 여기서 이러고 누워 있을 때가 아닌데, 이거 참."

옆에서는 사촌 오빠와 비슷한 그 남자의 목소리가 그치지 않고 들려왔다. 나는 자꾸 찾아오는 고통에 눈을 질끈 감다가 남자의 목소리를 자장가 삼아 스르르 잠이 들었다.

새벽 다섯 시쯤, 누군가 우는 소리에 눈을 떴다. 울음소리는 아주 가까운 데서 들려왔다.

바로 옆 침대였다. 침대 곁의 누군가가 움직이자, 흔들리는 커튼 사이로 하얀 시트에 덮인 사람 형체가 보였다. 그 옆에서 귀엽게 생긴 부인이 울음을 삼키고 있었다. 사촌 오빠를 닮은 그 남자가 죽은 것이었다. 미처 인사를 나누기도 전에.

몸서리가 쳐졌다. 나보다 훨씬 멀쩡해 보였던 사람이 불과 몇 시간 만에 숨을 거뒀다는 사실에 정신이 아득해졌다.

그제야 유치한 감상에서 벗어나 현실로 돌아올 수 있었다. 나는 '죽음'의 바로 곁에서 숨을 쉬고 있었던 것이다. 응급실은 죽음과 맞닿아 있는 경계선이었다.

그곳에서 사흘을 누워 있었다. 누워서 바라본 응급실은 얼음으로 만들어진 커다란 홀 같았고, 한쪽 벽에는 구급 장비와 산소통, 링거 거치대 같은 것들이 잔뜩 몰려 있었다. 사람들이 들락거릴 때마다 자동문이 열렸고, 차가운 바람과 함께 또 다른 응급 환자가 쉴 틈 없이 들어왔다. 나는 이불을 잔뜩 덮고 있었지만 빙벽에 매달려 있는 것처럼 추위에 떨었다.

아니, 그건 추위가 아닌 공포였다.

그 공포에 기가 질려 소리 없이 눈물을 흘리다 보면, 남편 맥도널드가 어떻게 알았는지 손수건으로 눈물을 닦아주었다. 처음에는 위로의 말도 해주었지만, 소용없다는 것을 깨닫고는 묵묵히 옆자리를 지키고만 있었다.

나는 언제나 판단이 빠른 편이었다. 공허한 희망보다는 냉정한 현실 쪽을 선택해왔다. 암세포가 퍼질 만큼 퍼져 뼈들이 온통 변해버렸다면, 삶과 죽음의 경계에서 내가 '삶' 쪽으로 다시 돌아설 가능성은 희박하지 않겠는가?

나는 그 사실을 받아들여야 했다. 그 사실을 인정하고 나자, 거짓말처럼 눈물이 그쳤다. 눈물조차 얼어붙을 만큼 차가운 현실 속에서, 나는 놀라우리만치 빠르게 이성을 되찾아 마음속에 유서를 쓰기 시작했다.

그래도 한 가지 기대는 남아 있었다. 혹시, 살겠다는 희망을 놓아버리면 아픈 것이라도 기세가 다소 꺾이지 않으려나? 죽을 때 죽더라도 조금이나마 덜 아픈 게 나은 것이니.

나는 무서운 고통 앞에 두 손 두 발을 완전히 들어 항복한 심정으로 마음의 유서를 계속 써나갔다.

옆 자리의 남자는 아내와 작별 인사도 제대로 나누지 못했을 것이었다. 그렇다면 나는? 운명이 오늘이라도 당장 내 목숨을 거둬 갈지도 모르는데, 사랑하는 사람들과 작별 인사를 할 시간이나 있을까? 많은 사람들의 얼굴이 눈앞을 스쳐지나갔다. 가족과 친척들, 학교 동료들, 노르웨이 유학 시절의 친구들…….

수많은 사람들의 얼굴이 결국에는 하나로 수렴되었다. 운명이라는 것이 작별 인사를 나눌 틈조차 주지 않을 만큼 박정(薄情)하다면, 지금 급히 만나야 할 얼굴 하나가 있었다.

나는 울면서 남편에게 애원하기 시작했다.

"아기 데려다 줘. 보고 싶어. 우리 아기……."

남들이 이야기할 때는 뻔하고 지겹다고 생각했다.

그러나 삶의 끝에 와서, 직접 부딪혀보고서야, 그 뻔한 한마디가 얼마나 무서운 진실인지 알게 되었다.

"뭔가를 이루기 위해 전속력으로 달리는 것보다,
곁에 있는 이의 손을 한 번 더 잡아보는 것이
훨씬 값진 일이라는 것을."

똑똑한 사람 행세는
괴로운 낙인이라는 것

"응급실에선 아이 면회가 금지되어 있대. 응급 절차가 끝나 병실로 올라갈 때까지 조금만 더 기다리자."

맥도널드가 실망스러운 소식을 가지고 돌아왔다.

"내 발이 어떻게 됐는지 좀 봐줘. 발이 시려서 견딜 수가 없어."

남편이 이불을 들춰 보고는 깜짝 놀랐다. 발꿈치가 침대 끝의 차가운 철제 난간에 닿아 있는 것이었다. 그것도 맨발로. 컴퓨터 촬영실에서 직원들이 응급 침대로 옮기며 실수를 한 것 같았다. 그들 입장에선 건드리기만 해도 고통에 비명을 지르는 환자 때문에 정신이 없었을 것이다. 그 이후 줄곧 철제 난간에 맨발을 대고 있어야 할 만큼 나는 꼼짝도 할 수 없는 상태였다.

"잠깐 기다려봐. 좋은 생각이 났어."

남편이 오리털 점퍼를 벗어 내 발을 감싸주고는 응급실 밖으로 뛰어나가는 게 보였다.

얼마 전에 나는 서른 번째 생일을 맞이했다. 서른은 소리 없이 왔다. 스무 살 때 꿈꾸었던 판타지가 아닌, 솔직하고 담담한 미소로 다가왔다.

그날은 스탠드 불빛 앞에 앉아 생일에 관한 단상을 블로그에 올렸다. 스무 살 생일을 맞은 게 불과 엊그제 같았는데 벌써 서른이라니. 청춘은 참 짧다.

블로그에 올린 생일 단상에서 나는 '서른 살이 여자에게 가장 좋은 시절이 아닐까 싶다'고 써놓았다. 그런대로 아름다움을 유지하면서도, 세상사와 사람들에 대한 통찰력도 생겨 가장 조화롭고 풍성한 시기라는 뜻에서였다. 튤립꽃처럼 풍성한 여자 나이 서른.

스무 살 때는 서른 살이 마냥 멀게만 느껴졌다. 그때는 서른이 되면 유명한 TV 프로그램 진행자처럼 지적이고 세련되게 변모할 줄 알았다. 하지만 '세련됨'을 제대로 고민해보기도 전에 서른 살은 늦은 밤 지하철처럼 전조등을 밝히며 불쑥 다가왔다.

이십대 중반까지만 해도, 서른이면 와인 잔을 들고 명사들의 파티에서 고상을 떨게 될 줄 알았다. 에르메스나 루이뷔통 같은 명품도 몇 가지 갖게 되고 중후한 고급 세단을 타고 다니게 될 줄 알았다.

그때는 서른이란 나이를 '일종의 완성'으로 생각한 모양이다. 당시 생각했던 서른은 차분하고 성숙하며, 우아하고 고상해야 했다.

　스무 살 시절이 생각났다. 그 무렵의 나는, 늘 내가 남들과 다르다고 생각했다. 마치 평범한 사람들과는 다른 인생을 살게 되어 있다는 일종의 '선민의식' 같은 것에 사로잡혀 있었다.

　스무 살의 나는 세상을 다 아는 것처럼 굴었다. 그래서 기성세대가 꼴도 보기 싫었다. 어쩌면 그렇게 케케묵었는지. 그들이 하는 일이나 관습 같은 것들이 한심스럽게 보였다.

　가만 앉아 있으면 패배자가 될 뿐이며, 패배자가 되지 않으려면 적극적으로 앞서 가야 한다고 생각했다. 타협이란 있을 수 없었다. 모든 일에서 승리를 거두려고 했으며, 혹여 남들보다 뒤처질 것 같으면 두렵고 괴로웠다.

　그러나 서른에 가까워지면서 조금씩 평범해져 사람들 속에 묻히는 나를 발견했다. 어느 날, 문득 되돌아보니 다른 사람들처럼 따뜻하고 편안한 환경에서 평탄한 삶을 살고 있는 것이었다.

　정상을 향해 돌진하던 발걸음이 점점 느려지면서 주변의 꽃과 풀이 눈에 들어오기 시작했다. 숲의 향기와 산들바람에 취해 잠시 멈춰 서는 일도 일어났다. 경쟁자로 여기던 사람들이 앞서 갔는지, 아니면 뒤에서 추격해오고 있는지 따위에 구애받지 않게 되었다. 피곤하면 어디든 앉아 쉬고 가는 게 인생이라는 지혜를 조금은 깨달은 것도 같은 나이 서른. 누군가와 눈이 마주치면 미소를 보낼 줄도 아는 나이.

스무 살 때는 스스로를 아끼는 것이 가장 중요하다고 생각했다. 그래서 오직 나만 사랑했다. 그러나 서른 즈음에는, 자신을 아낀다는 것이 값비싼 화장품 하나 사는 것처럼 간단한 일이 아니며, 오히려 다른 사람에게 관대한 태도를 취하는 것이 스스로를 아끼는 방법이라는 진실을 알게 되었다. 일단 베풀기 시작하면 자기 마음에서 흘러넘치는 큰 사랑이 끊임없이 이어져 결국 자신에게 되돌아오는 것이니까.

그러나 서른에, 그런 것을 조금씩 깨달을 나이에, 나는 응급실에 누워 앞날을 알 수 없게 되어버렸다.

맥도널드가 어디선가 두툼해 보이는 커다란 면양말을 가지고 들어왔다. 응급실 당직 의사들과 함께 조심스럽게 내 발에 신겨주었다. 마음씨 좋아 보이는 의사가 남편의 어깨를 툭 치며 웃었다.

"대단한 애처가시군요. 부럽습니다."

간호사들도 내 양말을 보면서 쿡쿡 웃었다. 그들이 웃는 이유가 궁금했지만, 그 순간 고통이 공격해오는 바람에 비명을 지르고 말았다.

다음 날 아침, 진통제가 드디어 효력을 발휘했는지 끔찍했던 고통이 차츰 사라졌고 머리를 조금 움직일 수 있게 되었다. 고개를 들어

발치를 보자, 왼쪽 양말과 오른 쪽 양말에 각각 두 개씩 글자가 프린트되어 있는 것을 발견할 수 있었다. 연결하면 이런 글이었다.

> " 불리불기不離不棄
> 헤어지지 않고 포기하지 않는다."

두 짝이 다 있어야만 제 기능을 할 수 있는 양말에, 이런 기막힌 글을 프린트 해놓은 사람은 누굴까? 나는 양말에서 눈을 뗄 수가 없었다. 30년을 살면서 양말에 적힌 글씨를 그렇게 물끄러미 들여다보게 될 줄은 꿈에도 생각하지 못했다. 언제나 아래보다는 위를 보는 것에 익숙하도록 교육을 받아왔으니까.

시련을 극복하고 자기 삶의 주인이 된 사람들은 이런 이야기를 한다.

'도모했던 일들이 무너져 내리거나 뜻하지 않은 운명과 마주쳤을 때, 자신을 일으켜 세워줄 단 한마디를 떠올려보라. 그 한마디가 삶을 역전시킬 수도 있다.'

양말에 적힌 네 글자를 보는 그 순간, 마음속으로 준비했던 유서가 재가 되어 바람에 날려가버린 듯한 느낌이 들었다.

나는 양말에 적힌 그 한마디를 나의 신조로 삼기로 결심했다.

양말이라니, 마치 인생을 바닥부터 다시 시작하는 것 같은 기분이

들었다. 바닥부터 다시 시작하는 것이니까, 사랑하는 사람들과 헤어지지도, 삶을 포기하지도 말아야 한다고 생각했다. 내 나이 서른과도 헤어질 수 없고, 나를 결코 포기할 수도 없다.

'절대 포기하지 말 것.'

나는 스스로에게 단 하나의 절대 명령을 내렸다. 고통이 무지막지하게 몰아쳐 왔을 때 비명이 나오는 것까지는 어쩔 수 없다. 나도 모르게 눈물이 왈칵 쏟아지는 것도 어쩔 수 없다. 하지만 유서 따위는 두 번 다시 쓰지 않으리라고 결심했다.

병원 응급실에서, 그것도 중환자의 몸으로 서른 살의 연말을 보내게 될 거라고 상상해본 적도 없지만, 어쨌든 확 바뀌어버린 운명도 내 몫인 것은 틀림없다고 받아들이기로 했다.

스무 살 무렵의 나는, 늘 내가 똑똑하다고 생각했다. 그래서 똑똑한 사람들이 쉽게 범하는 오류를 알지 못했다. 이제는 똑똑한 사람의 오류가 뭔지 안다. 그래서 착실하고 무던한 바보가 되기로 했다.

사실 '똑똑한 자'라는 낙인만큼 괴로운 것도 없다. 남들이 관심 없어 하는 것마저 알아두어야만 하거나 아는 척해야 하고, 지적 허영으로 인해 스스로 떳떳하지 못하다는 가책까지 짊어져야 한다. 심지어 자신을 더욱 채찍질함으로써 늘 피곤한 시간을 보내야 한다. 그런 방식으로 스트레스를 자꾸 유발하니 마음속에 매일 암세포를 키워가는 형국이다.

이제야 '나는 잘 모르겠어'라는 한마디가 얼마나 큰 자유를 가져다 주는지 알 것 같다. 병원에 누워 또 한 걸음 나아간 나의 각성.

'맞아. 좀 더 여유롭고 평화로워지기 위해서는 삶의 곳곳에 빈틈이 있어야 하는 거야.'

이런 걸 좀 더 일찍 알았더라면, 나는 지금보다 훨씬 건강했을 것이다. 암 같은 것에 걸리지 않았을지도 모른다. 너무 늦은 후회이긴 하지만.

그런 생각을 하니까, 한시도 쉴 틈 없이 고단한 시간을 보내야 했던 내 몸의 세포들에게 그렇게 미안할 수가 없었다. 지금부터라도 빈틈을 내버려두어, 거기에 무언가를 채우려 들지 않기로 했다. 빈틈은 지친 마음이 들어가서 쉴 자리이기 때문이다.

이제 내 앞에는 또 다른 세상이 급작스럽게 펼쳐졌다. 이제껏 만나본 적도, 상상해본 적도 없는 난공불락의 운명이 태산처럼 버티고 있다. 나 스스로가 '강한 사람'이라고 큰소리를 쳐온 만큼, 절대 굴복하지 않음으로써 강한 사람이라는 사실을 입증하겠다고 결심했다.

" 운명은 내 맘대로 바꿀 수 없지만
운명에 대한 나의 자세는 얼마든지 바꿀 수 있으니까."

그러기 위해선 새로운 에너지가 필요했다. 내가 지금껏 살아왔던 방식과는 다른 차원의 강력한 에너지. 새로운 에너지, 그게 과연 무엇일까.

갈대의 부드러움이
꼭 필요하다는 것

어렸을 때, 외할아버지는 날마다 나를 무릎에 앉히고 글자를 가르치거나 책 내용을 외우게 하는 것을 낙으로 삼았다. 꽤 많은 책을 외웠던 것 같은데 지금은 거의 기억이 나지 않는다.

다만 몇 가지는 내용이 '위지안 각색'으로 심하게 바뀌어 머릿속에 남아 있기는 하다. 왜 그렇게 변형되었는지는 알 수 없다. 대표적인 것이 《열녀전》이라는 고전이었다.

젊은 과부가 당시의 고루한 구습 때문에 재혼을 할 수 없게 되자, 신세를 비관해 집에 불을 질러 목숨을 끊는다는 내용이었다.

"다른 책 아니야? 《열녀전》에 그런 이야기가 있을 턱이 없잖아?"

맥도널드와 사귈 때 설전이 벌어진 적이 있다. 나는 '할아버지한테 배웠으니 잘못됐을 리가 없다'고 우겼고, 맥도널드는 '그런 여자는 열녀가 아니니까 《열녀전》에 등장한다는 게 말이 안 된다'는 주장을 폈다.

피자 한 판을 걸고 내기를 했고, 도서관에 가서 진위 여부를 확인한 결과, 내가 지고 말았다.

원래 내용은 젊은 과부가 집에 불이 났는데도 도의를 지키느라 스스로 죽음을 선택했다는 것이다. 말도 안 되는 케케묵은 내용이었다. 그런데 나는 왜 전혀 다르게 기억했던 것일까.

당시에는 맥도널드 M자 마크가 나타나지 않은, 머리숱 많은 남편이 눈을 가느다랗게 뜨고 나를 약 올렸다.

"지안. 알고 보니까 어릴 때부터 그렇게 독했구나. 얼마나 독했으면 멀쩡한 수절과부를 자살과부로 만들어버렸겠어? 대단하군. 대단해."

"골수검사에는 큰 위험이 따릅니다. 특히 위지안 씨의 경우에는."

의사가 말했다.

바늘로 몸을 뚫어 골수를 뽑아내는 동안 환자는 절대로 움직이면 안 된다. 하지만 내 경우엔 툭하면 근육 경련이 일어나기 때문에 치명적인 결과로 이어질 수 있다는 것이었다. 자칫 잘못되면 반신불수 상태가 될 수 있고, 그렇게 될 확률이 매우 높다고 했다.

나는 불안한 표정으로 서 있는 의사와 맥도널드를 번갈아 보았다. 환자가 된 뒤부터 매 순간 선택의 혹독한 기로에 내던져지곤 했다. 때로는 단 한 번의 선택으로 남은 삶이 완전히 바뀔 수도 있는데, 그때가 바로 그런 상황이었다.

"검사를 받겠어요."

성공이냐 실패냐 하는 문제보다 중요한 것은 내 의지를 어느 쪽에 두느냐는 것이었다. 나는 조금이라도 희망이 있다면 용기를 내어 그쪽을 선택하기로 했다. 그때까지는 '암이 아닐지도 모른다'는 아주 작은 희망이 남아 있었다. 그 가능성을 열어젖히는 검사라면 그것이 뭐가 됐든 받을 의향이 있었다.

얼마 후 나는 검사실이 아닌 응급실 침대에서 모로 누워 웅크린 채 골수를 채취했다. 정상인이라면 1초도 안 걸릴 동작을 취하기까지 무려 40분이나 걸렸다. 몸이 내 마음대로 움직이지 않는 데다가 누가 건드리기만 해도 자지러질 것처럼 아프니 어쩔 수 없었다.

사실, 골수검사는 상상한 것처럼 그렇게 아프지는 않았다. 정말 무섭게 아팠던 것은 CT유도하 생검(CT guided biopsy. 의심스러운 조직의 샘플을 얻기 위해 적절한 곳에 생검침을 하는 것)이었다. '생명의 본질이 있다면 이런 곳에 있지 않을까' 싶은 곳까지 깊숙하게 파고드는 어마어마한 고통이 예리하게 찔러왔다. 곁에 있던 남편은 차마 볼 수 없어 고개를 돌렸고, 하필이면 그 시간에 '아들과 교대해주겠다'며 찾아왔던 시어머니는 놀라서 기절하고 말았다.

고통이 기억마저 으깨버린 것인지, 그 순간들을 도대체 어떻게 견뎌냈는지 알 수 없었다. 검사가 모두 끝난 뒤 맥도널드가 자랑스러운 듯한 눈빛으로 말했다.

"지안, 당신이 어땠는지 알아? 눈물은커녕 비명조차 지르지 않더군. 역시 옛날에 《열녀전》 갖고 내기를 했을 때부터 알아봤다니까."

《열녀전》의 내용을 왜 엉뚱하게 바꿔 기억했는지는 알 수 없었지만, 적어도 고통스러운 검사를 받을 때는 집에 불을 질러 목숨을 끊은 과부만큼 독해져야만 했다. 시시때때로 찾아오는 지독한 고통보다 더 독해져야 견뎌낼 수 있을 거라고 믿었다.

2009년 12월 31일, 나는 지긋지긋한 응급실에서 벗어나 20층의 중환자실로 옮겨졌다. 진통 파스를 넉 장이나 붙였다. 간호사가 들고 있는 포장지를 힐끗 보니 '암 환자 외에는 사용 금지'라는 경고 밑에 '너무 많이 붙이거나 잘못된 위치에 붙이면 생명이 위험할 수도 있다'는 섬뜩한 안내문이 나와 있었다.

침대에 누워 맥도널드가 항암 음악이라고 주장하며 틀어놓은 엔야(Enya, 아일랜드의 뉴에이지 뮤지션)의 '오리노코강(Orinoco Flow)'에 귀를 기울였다. 엔야의 음악이 흐르는 그 길지 않은 시간이 내게는 천국 같았다. 맥도널드에게 말했다.

"아픈 것만 빼면 지금 너무 행복해."

그리고 하루 한 차례의 면회 시간.

19개월 된 아들 '감자(土豆. 아기 감자 같다며 시어머니가 붙여준 애칭)'가 아장아장 걸어 들어왔다. 얼마나 귀엽고 예쁜지 녀석에게서 눈을 뗄 수가 없었다.

내가 건강한 엄마로 아이를 품에 안은 건 1년이 조금 넘는 정도다. 녀석이 걸음마를 시작할 무렵 나는 '성공한 여자'가 되기 위해 아이를 시댁에 둔 채 떠나왔고, 얼마 지나지 않아 '아픈 여자'가 되어버렸다. 내게 과연 엄마 자격이 있기나 한 걸까. 불현듯 그런 생각이 들었다.

나는 팔을 벌려 녀석을 꽉 끌어안고 싶었다. 내가 비록 가시 옷을 입은 죄인이어서, 사랑하는 사람을 끌어안을 때마다 엄청난 고통을 받아야 한다고 할지라도, 지금 이 순간만은 그걸 기꺼이 감수하고 싶었다. 나는 몸이 으스러질 각오를 하고 팔을 조금씩 벌려 아이를 불렀다.

"이리 와, '감자'야! 엄마 좀 안아줘!"

맥도널드가 흠칫 놀라 말리려고 했지만, 곧 나의 눈치를 살피고는 고개를 돌려 외면해버렸다.

나는 아이가 슬며시 다가오는 것을 보며 얼굴 가득 미소를 지었다.

그런데 가까이 오던 녀석이 돌연 뒷걸음질을 치더니 시어머니 뒤로 숨어버리는 것이었다. 그러고는 고개만 조금 내밀고는 내 눈치를 살폈다.

시어머니의 표정에 당황하는 기색이 역력했다.

"네가 환자복을 입고 누워 있으니까, 애가 낯설어서 그럴 게다. '감자'야. 엄마야! 엄마가 지금 아파서 그래."

"이리 와, 괜찮아."

내가 손을 내밀고, 시어머니가 달랜 뒤에야 '감자'는 시어머니 뒤에서 슬금슬금 나와서는 망설였다.

"엄마? 아야?"

'감자'가 가까이 다가와서는 내게 물었다. 무슨 말일까?

"엄마? 아야?"

나는 그 뜻을 알아듣고는 속으로 깜짝 놀랐다. 시댁에 두고 올 때에는 '엄마, 아빠'라는 말밖에 하지 못했던 아이였다.

"아니야. 엄마는 안 아파."

나는 감자를 품에 안았다. 가슴이 빠개지도록 아팠다. 하지만 몸보다는 마음이 천 배, 만 배는 더 아팠다. 너무도 아픈 나머지, 엉엉 소리를 내어 울고 말았다. 그토록 아픈 검사도 참아낸 독기가, 스스로를 찔러 마음을 더욱 아프게 했다.

"엄마? 호? 호?"

이건 무슨 말일까.

시어머니가 풀이를 해주며 손등으로 눈물을 훔쳤다.

"안 아프게 '호' 하고 불어주고 싶은 모양이구나. 녀석이 넘어질 때마다 '호' 하고 불어주는 시늉을 했더니 그걸 배운 모양이네."

나는 감자를 꼭 끌어안은 채 대답했다.

"고마워. '감자'야. 엄마, 곧 나을 거야. 엄마는 지금 너무나 행복해."

나는 아이를 안고 하염없이 울었다. 행복한데 왜 그렇게 눈물이 나던지…….

학교와 프로젝트 일에 욕심을 부리면서 스스로를 너무 쉽게 납득시켰다.

'괜찮아. 아이를 사랑해줄 시간은 나중에도 충분할 테니까.'

그 이후 '아이에게 필요한 게 무엇일까?'보다는 '나에게 지금 필요한 게 무엇일까?'를 생각하는 데 더 많은 시간을 쏟아 부었다.

밤늦게 연구실에 앉아 일을 하면서도, 아이가 보고 싶어질 때마다 더 강해져야 한다고, 이겨내야 한다고 모질게 마음을 가다듬곤 했다. 그렇게 '내가 되고 싶은 나'를 추구하는 동안 엄마인 나는 아이에게서 멀리 떨어져 있었다.

병든 엄마를 다시 만난 '감자'는 처음엔 낯선 사람을 보는 것처럼 망설였다. 하지만 곧 엄마임을 알아보고 자기 곁을 내주었고, 나는 그 작고 어여쁜 몸을 내 품에 안는 순간, 새로운 깨달음을 얻었다.

삶은 강철 같은 의지만으로 이뤄지는 게 아니라는 것을. 아울러 새들의 날갯짓만으로도 춤출 수 있는 갈대의 부드러움도 꼭 필요하다는 것을.

나는 내 꿈을 이루고 나면 사랑할 시간이 충분히 주어질 거라 여겼었다. 그러나 새싹이 자라 나무가 되기까지는 엄마 품 같은 햇빛이 늘 필요한 거였다. 내가 틀렸다.

"사랑은 나중에 하는 게 아니라 지금 하는 것이었다. 살아 있는 지금 이 순간에."

믿음은
순도 100퍼센트라는 것

검사 결과가 나오던 날, 우리 부모님은 물론 시어머니까지 면회 시간에 맞춰 병원에 오셨다.

시어머니가 남편을 보자마자 물었다.

"그래, 결과가 나왔니?"

맥도널드가 고개를 숙인 채 대답했다.

"암이래요. 유방암."

잠깐 동안 침묵. 어느 누구도 섣불리 입을 열 수 없는 애매한 시간이 흘렀다. 어른들은 검사 결과를 어떻게 받아들여야 할지 혼란스러웠을 것이다. 궁금한 게 너무 많아서 몇 마디 말로는 모두 물어볼 수 없었지만, 하나하나 질문을 던지기에는 조심스럽고 또한 두려워서 누구도 먼저 나설 수 없는 입장이었다.

내가 별것 아니라는 투로 말했다.

"그냥 유방암이라니까요. 더도 덜도 아닌 유방암!"

"뭐? 그냥 유방암? 하하하."

아빠가 내 말투에 마치 무거운 짐이라도 벗어던진 것처럼 크게 웃었다. 엄마와 시어머니도 어이가 없다는 듯 따라 웃기 시작했다.

"참 다행이다. 폐암이나 뼈암도 아닌 유방암이라니."

시어머니는 친구 중에서 두 명이 유방암에 걸렸는데, 한 명은 암 선고를 받고도 20년 넘게 잘 살고 있고, 다른 한 명은 재작년에 암에 걸렸지만 지금은 완치되어 건강하게 살고 있다고 전했다.

엄마도 시어머니를 거들었다. 그 두 사람이 멀쩡하게 나았고 잘 살고 있으니까, 나 역시 당연히 그렇게 될 거라는 '대단히 논리적인' 귀결이었다. 그래서 어른들은 비록 말기 암일지라도 유방암이니까 큰 걱정은 없다고 결론을 내린 듯했다.

하지만 맥도널드는 손가락으로 안경을 밀어 올리며 아무 말도 하지 않았다. 표정이 어두웠다. 나와 시선이 마주치자 마지못해 웃음을 지었다. 나 역시 맥도널드가 "유방암이래. 치료하면 나을 수 있대"라고 말했을 때, 그걸 전부 믿은 건 아니었다.

이렇게 온몸이 다 아픈 것은, 벌써 전신에 퍼졌다는 의미였다. 더구나 온갖 뼈들에까지 암세포가 전이됐다는 것을 수많은 검사 결과들이 보여주고 있었다. 유방암이라는 판정은, 단지 그런 암이 어디에서 시작되었는지를 찾아냈다는 점 외에는 큰 의미가 없다고 보아야 했다.

"그래, 아무 일 없을 거야. 우리 딸은 이겨낼 수 있어!"

아빠가 주먹을 꼭 쥐면서 말했다.

체온과 혈압을 재러 온 간호사는 우리가 기뻐하는 모습을 보고 '무슨 복권에라도 당첨되었느냐'고 물었다.

"유방암이래요, 유방암! 하하하."

간호사는 기가 막혔는지 직업적인 미소를 짓고 나갔다.

그로부터 며칠 뒤, 맥도널드가 자리를 비운 사이 그의 메모를 보게 되었다. 주치의에게 설명을 들으며 받아 적은 것 같았다. 맥도널드 특유의 꼼꼼한 글씨체였다.

'5년 생존율 20퍼센트, Her2+'

오랫동안 망연자실해 있었다. 그때는 그게 무슨 뜻인지 몰랐다. 그저 100명 중 20명이 5년을 살 수 있다는 뜻으로만 생각했다. 20퍼센트 확률로 5년을 더 살 수 있다니, 심장이 멈추는 듯했다. 그러나 그 정도의 확률조차 얼마나 행복한 일인지 알게 된 것은 그 후의 일이었다.

그 쪽지를 마침 면회 온 아빠에게 건넸다. 아빠는 한번 쓱 훑어보더니 미소 지었다.

"뭐가 무서워? 우린 이런 거 안 믿어. 넌 아무 일 없을 거야."

엄마는 쪽지를 보고는 이렇게 말했다.

"이런 것 신경 쓸 것 없어. 게다가 너는 애를 또 낳을 것도 아닌데 그까짓 유방이야 수술을 해도 상관없잖아."

엄마의 그 한마디가 예민해진 내 신경을 건드리고야 말았다.

"그게 무슨 뜻이야? 그까짓 유방이라니? 내가 애를 또 낳을지 안 낳을지 엄마가 어떻게 알아?"

엄마가 '당연한 걸 왜 묻느냐'는 듯한 표정으로 대답했다.

"애 낳고 키우는 건 별로 관심 없잖아. 일 하기도 바쁜데. '감자'도 건사하지 못해 시집에 맡겼는데 둘째를 어떻게 낳아? 내 말이 틀렸니?"

원래는 둘째 계획도 있었다. 그러나 해야 할 일들이 너무 많아서 감히 엄두를 내지 못하고 있었다. 아니다. 솔직히 말해, 90퍼센트 이상은 포기 상태였다. 엄마의 지적은 예리했다. 나는 '아이의 엄마'보다는 '성공한 여자'로 사는 것을 이미 선택해놓고 있었다.

하지만 뭔지 모를 분노가 엄마를 향해 폭발했다.

"엄마도 그랬잖아! 나를 외가에 맡겨놓고 엄마 일만 했잖아. 엄마는 자기밖에 모르잖아. 할머니 돌아가셨을 때도 곁에 없었으면서. 그런 엄마가 나한테 애 안 키웠다고 나무랄 자격이 있어?"

나도 모르게 목소리가 높아졌다.

엄마는 기가 막혔는지 가방을 들고는 밖으로 나가버렸다. 아빠를 꼼짝 못하게 몰아세우는 자존심 강한 엄마가 딸의 공격을 받고, '자격' 운운하는 말까지 들었으니 화가 날 만도 했을 것이다. 다음 날 엄마에게 전화를 걸어 사과를 했다.

"엄마. 내가 잘못했어. 어제는 너무 흥분했나봐."

엄마는 짧게 대답했다.

"아니야. 됐어."

대화는 자연스럽게 이어지지 못했고, 우리 둘 사이의 분위기는 데면데면했다. 엄마는 여전히 화가 나 있는 것 같았다. 괜히 또 다투게 될까봐 서둘러 전화를 끊었다. 하긴, 내 성질머리가 어디서 나왔겠는가. 그 딸에 그 엄마지.

5년 생존 가능성이 20퍼센트 미만이라면, 그것은 내 목숨을 유지할 시간이 얼마 남지 않았다는 의미였다. 최대한이라고 해봐야 서른다섯이라니. 한창 좋을 나이, 남들 같으면 가정을 이루고 아이를 키우며 한창 행복을 누릴 시기. 그런데 왜 나는 그런 행복을 누리면 안 되는 것일까.

억울하고 분해서 미칠 것 같았다. 아직은 해본 것보다 못 해본 것들이 훨씬 많은데. 해보고 싶은 것들이 너무 많은데.

그러나 다시 현실로 돌아와야만 했다. 진정으로 '지금의 나'에 집중해야만 했다. 그러기 위해선 생각을 더욱 단순화시킬 필요가 있었다.

문득 어떤 영감 같은 것이 스쳐 지나갔다. 지금까지와는 전혀 다른 방식으로 살아보는 건 어떨까.

'맞아. 유쾌하게. 마지막 그날까지 내 삶을 즐기는 거야. 남들이 뭐라고 하든.'

내가 지금 정리하는 글에 이따금 등장하는 유머들은 병원에서 투병 생활을 하며 떠올린 것들과, 그런 깨달음을 생활에 실천하는 과정에서 튀어나온 것들이다. 삶의 끝에 와서야 나는 내 유머 감각이 얼마나 탁월한지 새삼스럽게 발견했다. 전에는 목표를 향해 달려가느라, 경쟁자를 제치느라 너무 바빠서 내게 그런 소질이 있는지 인식하지 못했다.

그 이후 시간이 흐르면서 주변의 말기 유방암 환자들이 한 명, 또 한 명씩 저세상으로 떠났다. 가족들은 그제야 유방암으로 목숨을 잃을 수도 있다는 사실을 똑똑히 알게 되었다.

그럼에도 식구들이 보여준 반응은 다른 이들의 경외심을 충분히 불러일으킬 만한 것이었다. 그들은 다음 차례가 나일 수도 있다는 생각을 전혀 하지 않았다. 내가 어느 날 이 세상을 떠날 수 있다는 생각 자체를 뇌에서 멀리 추방해버린 사람들 같았다. 사촌 오빠를 비롯한 친척들이 이따금 찾아와 즐거운 대화를 나누고 돌아갔다.

다른 사람들은 그런 우리 가족을 이해하지 못했다. 암 선고를 받고도 희희낙락할 수 있다는 것을 받아들이기 힘들었을 테니까.

가족의 일상은 마치 '긍정 프로그램'만이 입력된 것처럼 명랑하게 굴러갔다. 맥도널드나 시어머니, 아빠는 모두 평범한 사람들이었다. 그런데 그 사람들, 누구보다 가깝고, 어느 누구보다 더 잘 안다고 생각했던 사람들이 매일매일 나를 놀라게 했다. 평범 그 자체였던 사람들이 어떻게 그처럼 의연해질 수 있었을까. 특히 엄마는 내가 죽을 수도 있다는 가능성 자체를 인정하지 않았다. 다른 사람들이라면 몰라도 당신 딸 위지안은 그렇게 허무하게 죽을 리가 없다고 생각하는 것 같았다.

어느 날, 맥도널드가 이런 말을 했다.

"그야 우리는 서로 믿으니까. 지안, 당신이 이겨낼 거라는 사실을 우리 중 어느 누구도 의심하지 않아. 게다가 우리보다 더 많이 변한 건 바로 당신이야. 가족들과 즐겁게 지내려는 당신의 의지가 우리들 모두에게 전해지고 있는 것 아닐까. 우리는 믿음이라는 끈으로 서로 연결되어 있잖아."

맞는 말이었다. 믿음이란 오로지 순도 100퍼센트일 뿐이다. 조금 덜 믿거나 아주 조금만 의심해도 사라지는 게 믿음이기에 그저 '믿느냐, 안 믿느냐'뿐인 것이다.

처음에는 수시로 찾아오는 고통을 나 혼자 감당하고 있다고 생각했지만 그게 아니었다.

"우리는 삶의 최후 순간까지 혼자 싸우는 게 아니었다.
고개만 돌려보아도 바로 옆에, 그리고 뒤에
사랑하는 사람들이 있음을 발견할 수 있다."

나와 사람들 사이에는 강고한 믿음이라는 끈이 있었다. 그러니까
나는 마지막 순간까지 혼자가 아닌 것이다.

감추고만 싶은
진심도 있다는 것

아빠는 유명한 요리사였다. 덕분에 나는 어릴 때부터 온갖 진귀한 요리들을 먹어보는 특권을 누렸다. 웬만한 사람들이 평생 구경도 못해볼 귀한 음식을 많이 먹어보았다.

아빠가 일하는 호텔에 가면, 요리사 아저씨들이 나를 번쩍 안아 들고 이것저것 맛있는 음식들을 입에 넣어주곤 했다. 나는 왁자지껄한 주방의 분위기를 은근히 좋아했다. 언제나 생동감이 넘쳤고 '궁극의 맛'이라는 이상을 추구하는 남자들의 열정이 넘쳐흘렀다.

내가 병원에 입원한 뒤로 가뜩이나 적은 아빠의 말수가 더욱 줄어들었다. 나중에 알게 됐지만 그때 아빠는 나에게 죄책감을 갖고 있었다. 어릴 때부터 내가 접했던 수많은 요리들 중에서 분명히 몸에 불균형을 가져오는 음식이 있었을 거라 믿는 눈치였다. 나는 말도 안

되는 소리라고 강변했지만, 아빠의 가슴 깊은 곳에는 이미 스스로에
대한 원망이 들어앉아 있었다. 그런 생각을 주입해준 건 틀림없이 엄
마일 것이다.

내가 환자가 된 뒤부터 아빠의 하루는 매우 단순해졌다. 아침에 병
원의 일과가 시작되면 아빠는 어김없이 병실 문을 열고 들어와 내
머리맡에 커다란 물병들을 내려놓았다.

병에는 귀한 약재들을 우려낸 물이 들어 있다. 스무 가지도 넘는
천연 약재들이 들어갔다고 했다. 아빠는 평생 요리를 하면서 터득한
노하우를 집대성해 '생명수' 같은 물을 만들고 싶어 했다.

하지만 솔직히 말하자면, 맛은 전혀 아니었다. 아빠의 정성은 눈물
겨웠지만 매일매일 그 물을 마시는 입장이란 고역이나 다름없었다.

어린 시절, 아빠의 자전거 뒷자리에 앉아 거리를 씽씽 달리던 기억
이 난다. 대단히 자상하지도, 그렇다고 지나치게 무뚝뚝하지도 않은
평범한 아빠였지만 내가 원하는 건 가급적이면 들어주었다.

아빠는 구시대적인 낡은 사고방식이나 비과학적인 습관들을 노골
적으로 혐오했다. 심지어 종교도 한심하게 취급하는 편이었다.

"기도 따위는 왜 하는지 모르겠다. 자신이 없으니까 뭔가에 의존하
려는 나약한 짓이야. 그 시간에 용기를 내서 자기 힘으로 돌파를 시
도하는 편이 훨씬 낫지 않을까?"

어떤 면에서는 고지식하고 재미없는 사람이기도 했다.

이따금 아빠와 함께 집 뒤에 있는 산에 오르기도 했다. 그다지 높지는 않지만 약수터까지 가려면 꽤 가파른 고개를 넘어야 했다. 아빠와 나는 '누가 먼저 지치나' 내기를 하듯 발걸음을 재촉했다. 하지만 아빠의 무릎관절에 이상이 생긴 뒤부터 우리 부녀의 등산도 힘들어지게 되었다.

아빠와 나의 추억은 그것으로 막을 내렸다. 나는 대학생이 되어 기나긴 학업의 길로 들어섰고, 아빠를 뒤돌아볼 틈도 없이 내 꿈을 이루기 위해 쉬지 않고 달려왔다.

"더는 못 마시겠어. 대신 좀 마셔줘."

나는 아빠의 물을 맥도널드에게 건넸다.

"이게 얼마나 귀한 물인데. 그냥 쭉 마셔. 아버님 정성을 봐서라도."

나는 마지못해 한 모금 더 마시고는 고개를 돌려버렸다. 할 수 없이 맥도널드가 남은 물을 꿀꺽꿀꺽 마셨다. 물병을 그렇게 겨우 다 비워냈다. 그래도 내일 아침이면 아빠가 다시 채워놓을 것이었다.

그런데 어느 날 아침, 아빠가 오지 않았다. 아빠는 그 대신 맥도널드에게 전화를 걸었다.

"뭐라고 하셔?"

내가 물었다.

"응, 감기 기운 때문에 못 오신대. 당신한테 옮기면 큰일이니까."

그러면서 맥도널드는 주섬주섬 겉옷을 걸쳤다.

"어디 가?"

"물 가지러. 아버님이 와서 가져가라고 하셨어."

"아이고!"

나는 이불을 푹 뒤집어썼다.

맥도널드는 한참이 지나서야 물병을 가지고 돌아왔다. 왜 이렇게 늦었냐고 묻자 그는 말없이 물을 따르더니 쓱 내밀었다.

"아무 말 말고 쭉 마셔. 아버님 생각하면서."

표정이 너무 진지해서 나는 군소리 없이 물을 다 마셨다. 맥도널드는 물병을 정성스럽게 머리맡에 내려놓고 내 손을 잡았다.

"이건 보통 물이 아니야."

"나도 알아. 온갖 약재가 다 들어 있잖아."

맥도널드는 고개를 저으며 내 말을 막았다.

"지안. 그거 알지? 물에게 '행복'이니 '사랑' 같은 말을 해주면 물의 결정체가 바뀐다는 얘기 말이야."

"응, 알아."

읽어보진 않았지만 에모토 마사루 박사의 《물은 답을 알고 있다》의 내용을 들어본 적이 있었다. 물에도 의식이 있어서 듣고 느끼는 대로 결정체가 바뀐다는 얘기였다.

"아버님이 TV에서 그 다큐멘터리를 보신 모양이야. 집에 갔더니 부엌에서 물 끓이기 전에 기도를 하시더군."

"뭐? 아빠가 기도를?"

"제대로 듣진 못했는데 '사랑한다', '부탁한다', '내 딸의 암세포를 거둬다오', 이런 말을 중얼중얼 계속하시더라고."

가슴이 아려왔다. '기도 따위는 왜 하는지 모르겠다'며 투덜거리던 양반이었는데.

"그게 다가 아니야. 이 물, 어디서 떠 온 물이게?"

"어디서?"

"뒷산 약수터 알지? 옛날에 당신하고 아버님이 자주 오르던."

"설마?"

"어머님한테서 들었어. 아버님은 매일 새벽 네 시만 되면 산에 오르신대. 약수터까지 꽤 힘들잖아. 관절도 안 좋으신데 거길 하루도 빠짐없이 다녀오신다는 거야. 그 물로 약재들을 우려내시는 거지."

나도 모르게 물병으로 눈길이 갔다. 매일 새벽 어두운 산길을 절뚝절뚝 걸어 올라가는 아버지의 뒷모습이 눈에 선했다. 그렇게 떠 온 물에다 기도를 하고, 또 그 물로 약재를 우려낸 뒤 물병에 싸 들고 아침 일찍 병원까지…….

맥도널드가 수건으로 내 눈가를 한참 닦아주었다.

"정성이란 거창한 이벤트가 아니라
매일매일 지속되는 사소함에 있다는 것을
그때까지 나는 알지 못했다.**"**

아빠가 불편한 다리로 산에 오르고, 그토록 싫어하던 기도를 한다
는 것도 그랬지만, 그런 진심을 끝내 내게 감추고 싶어 했다는 사실
에 눈물이 났다. 세상엔 끝끝내 감추고만 싶은 진심도 있는 것이었
다. 특히 남자들의 진심은.

맥도널드가 그토록 욕을 먹어가면서도 내 침대 자리를 차지하고
체온으로 덥혀놓은 것도 그랬다. 왜 그런 마음을 말로는 표현하지 않
는지 알 수 없어 답답하기만 했었다. 하지만 이제는 안다. 남자란 존
재가 그런 걸 겸연쩍고 쑥스러워한다는 것을.

미지근한 사랑이
오랫동안 따뜻하다는 것

밤잠을 설치는 날이면 지난 30년이란 세월이, 그 영원처럼 끝없는 추억이 입원실 천장에 끝도 없는 무성영화처럼 펼쳐지곤 했다. 어떤 날은 시간이 멈춘 듯 추억의 한 장면이 한참 동안 반복되기도 했다.

철 없는 나이에 남편을 만났음에도 불구하고, 내게는 로맨스라고 할 만한 느낌이란 게 없었다. 나는 사랑 때문에 가슴이 두근거리느니 뭐니 하는 여자애들의 고백을 들을 때마다 속으로 코웃음을 쳤다. 그러니 영원토록 변치 않는 사랑이나 동화 같은 결혼은 더더욱 믿지 않았다.

나이가 조금 들고 나서는 사랑에 여러 종류가 있다는 것을 알게 되었다. 한평생 서로 의지하는 사랑도 있고, 단순히 사랑만을 위한 사랑도 있으며, 그저 외로움을 달래기 위한 사랑도 있다.

나는 남편 맥도널드를 사랑했지만 왜 사랑했는지, 또 어떤 형태의 사랑인지는 굳이 생각해본 적이 없었다. 갓 사랑을 시작했을 때에도 대단히 열렬하지 않았고, 지나치게 단조롭지도 않았다. 각자가 서로의 공부를 방해하지 않고 도움을 줄 수 있다는 사실만으로도 좋았다.

맥도널드와 결혼한 뒤, 핑크빛 로맨스를 꿈꾸는 후배들에게 이런 식으로 충고를 한 적도 있었다.

"너무 꿈꾸지 마. 그렇게 기대를 크게 했다가 막상 결혼을 해보면 실망 아닌 절망을 하게 될지도 모르니까. 둘이 만나 인생을 같이 걸어가려면 사랑이 너무 적어도, 넘쳐도 좋지 않은 거야. 사랑이 적으면 '함께'라는 의미가 무색해지고, 사랑이 넘치면 자아를 잃을 수 있기 때문이지."

후배들은 내가 하는 말을 여전히 이해하지 못했다.

"잘 생각해봐. 사랑하는 사람의 일거수일투족에 마음이 흔들리거나, 눈에 보이지 않을 때 하늘이 무너지는 듯한 느낌이 들면 그건 위험한 거야. 심하게 의존하고 있는 거니까. 바람직한 사랑 혹은 결혼이란, 모든 중심을 상대에게 두는 것이 아니라 각자의 중심을 잃지 않게 서로 균형을 잡아주는 거야."

그런 생각을 하고 있었기에, 그에 대한 나의 사랑은 늘 나에 대한 그의 사랑보다 적었다. 나를 먼저 사랑하는 게 당연한 것이었으니까. 그래서 그동안의 사랑은 뜨겁지도 차갑지도 않았으며, 끊기 어려울 정도로 깊지도 않았다. 그냥 딱 좋았다.

"공동 연구 때문에 일본 교토대학교에 몇 달 동안 가 있어야 할 것 같아."

그가 이렇게 말하면 나는 "그래. 내 걱정 하지 말고 열심히 일하고 와" 하며 짐 싸는 것을 도와주었다.

"나, 석사 학위는 북유럽에 가서 받아야겠어."

내가 그렇게 말했을 때, 그는 "그래? 내가 알아봤더니 당신 관심 분야는 북구에서도 노르웨이 오슬로대학교가 최고라던데. 혹시 거길 생각하고 있는 거 아니야?" 하고 격려해주었다.

나의 노력과 그의 지원에 힘입어 정말로 오슬로대학교에서 바이오 매스 에너지 정책 연구로 석사 학위를 취득할 수 있었다.

중국은 인구는 많지만 에너지 자원은 그리 풍부한 편이 아니다. 나는 청정 환경과 에너지 생산을 동시에 충족시킬 수 있는 바이오매스 에너지가 새로운 미래를 열 것이라고 생각하고 있었다. 풍부한 삼림 자원을 이용해 액체 연료를 생산함으로써 안전하고 경제적이며 깨 끗한 에너지 공급 체계를 구축할 수 있다는 가능성을 열어보고 싶었 다. 그래서 그 분야 선진국인 노르웨이에 가서 선진 학문을 배워 오 고 싶었다.

사랑은 구속이 아니다. 상대가 진정 원하는 일을 찾아 자유롭게 떠날 수 있게 해주어야 하고, 서로 떨어져 지내면서도 충분히 사랑을 지키고 그리움을 키워나갈 수 있어야 한다.

하지만 그때까지만 해도 나는 내 감정이라는 것을 잘 이해하지 못했다. 나처럼 스스로가 강하다고 생각하는 사람이라면 사랑하는 사람과 떨어져서도 아무 문제없이 오랫동안 잘 지낼 수 있을 것이라고 자신했다.

하지만 막상 노르웨이에 가보니, 내가 생각했던 것과는 차이가 있었다. 그가 없어도 세상은 여전히 아름다웠으나 빈자리의 허전함은 무엇으로도 채울 수 없었다. 잠깐 잊어보려고 노력했지만 그럴수록 그가 잘 지내는지 궁금했고, 빈자리는 그만의 것이라는 확신만 강해질 뿐이었다.

결국, 지구 저편에서 걸려 온 그의 전화 한 통에 눈물을 쏟고야 말았다.

남편을 처음 만났을 때의 사랑도 좋고, 지금의 사랑도 좋다. 그동안의 세월을 돌이켜 보면, 두 사람이 만나 같이 생활하며 일종의 술을 빚어온 것이 아닌가 하는 생각이 든다. 강렬하고 감미롭지는 않지만 은은한 향이 그윽한 술. 우리의 사랑을 비유하자면 그런 느낌이었다.

'어떤 사랑을 해야 할까요?'

누군가 지금 내게 물어본다면 이렇게 대답해주고 싶다. 이제는 전보다 나이도 들었고 병마에 시달리면서 더 많은 것들을 알게 되었으니까. 전보다 더 부드럽게.

"불같은 사랑도 좋지.
그렇지만 잔잔한 사랑도 괜찮을 것 같아.
서로 균형을 잡으면서 오래갈 수 있으니까."

적응이란,
고집을 버리는 과정이라는 것

키가 훤칠하고 말수가 적은 외할아버지는 도시 외곽에 작은 가게를 하고 있었다. 까만 뿔테 돋보기를 끼고 책이나 신문을 읽고 있는 그 모습을 보노라면 분수에 맞게, 아니 분수보다 낮게 자기 삶을 사는 것 같아 소심하게 느껴지기도 했다.

들리는 말에 따르면 할아버지는 일본 침략기에 위세가 당당했던 국민당 군관이었다고 했다. 나는 그런 할아버지의 모습을 도무지 상상할 수가 없었다. 그러던 어느 여름날, 우연히 상의를 벗은 할아버지를 봤다. 앞가슴에 팔뚝 길이의 긴 칼자국이 있었다.

"할아버지, 이게 뭐야?"

외할아버지는 담담히 웃으며 이렇게 대답했다.

"옛날에 나쁜 놈들이랑 싸우다가 칼에 맞은 자국이란다."

할아버지는 외손녀인 나를 그토록 귀여워했으면서도 늘 과묵했다.

그도 그럴 것이, 대단한 과거를 가졌을수록 '문화대혁명' 때 더 심한 고통을 당했기 때문이었다. 누군가의 질투심에 고발을 당하기라도 하면 '자본주의의 간첩'으로 몰려 패가망신하는 일이 비일비재했다고 한다.

아마도 할아버지는 그래서 항상 말과 행동을 조심했고, 하루하루 살얼음판을 걷는 것같이 조심스럽게 살아야 했을 것이다. 가능한 한 모든 것을 감추고, 아무도 모르게 그림자처럼.

그런 할아버지에게 유일한 즐거움은 나에게 옛날 책을 읽어주는 것이었다. 어느 날 아빠가 어린 나를 자전거 앞에 태우고 가는데, 내가 혼자서 중얼중얼 노래하듯 뭔가를 외우더란다.

"얘, 도대체 그게 뭐니?"

나는 그게 뭔지 몰랐으니까 대답도 하지 않고 계속 흥얼흥얼 외우기만 했다고 한다. 다음 날 아빠가 할아버지를 찾아가 아이가 외우는 게 뭐냐고 묻자 할아버지가 말했다.

"《열녀전》 제4권 '정순' 편이다."

아빠는 깜짝 놀라며 다시는 자기 딸에게 '경전 같은 봉건시대의 잔재'를 가르치지 말라고 당부했다. 그러나 그때 할아버지가 가르쳐준 《열녀전》이 뿌리 깊이 박혀서인지, 어떤 땐 요즘 여자 같지 않은 케케묵은 말도 곧잘 한다. 어린 시절의 영향이 지금까지 남아 있는 모양이다.

하지만 그런 나도 병에 걸린 이후에는 거침없고 대담해졌다.

삶과 죽음이 엇갈리는 극단적인 상황에서 순간순간 어려운 선택을 하다 보면 중요한 것과 중요하지 않은 것의 경계가 평소와는 판이하게 달라지기 때문이었다.

전에는 남사스러워 발코니에 속옷 빨래도 걸지 못했던 내가 상의를 활짝 열어 가슴을 내놓은 채 담당 의사가 꾹꾹 누르는데도 창피를 느끼지 못했다. 그 뒤에서 전공의와 수련의들이 지켜보는데도 말이다.

만약 외할아버지가 지금까지 살아 계셔서 그 장면을 보았다면 "이 놈들, 저리 물러나라!" 하면서 칼을 들고 뛰어들었을지도 모를 일이다.

유방암 확진 이후 20층에서 22층으로 옮겨졌다. 22층은 유방암 전문 진료 센터였다. 나는 몸 구석구석으로 암이 전이된 상태였지만, 시작이 유방암이었으므로 유방암 센터로 배정된 모양이었다.

나이와 출신은 달라도 하나같이 가슴을 절제한 여자들이 주머니 하나씩 차고 걸어 다니는 모습은 22층에서만 볼 수 있는 진풍경이었다.

병실이 정해지자 시어머니는 벌써부터 복도를 돌아다니며 환자들을 하나하나 만나기 시작했다. 그리고 잠시 후 활짝 웃으며 들어와서는 "얘, 여긴 전부 유방암 환자들인데 모두 잘 살아 있더구나. 그냥 암 덩어리 조금 떼어내는 것뿐이래. 하나도 안 무섭대" 하고 말했다. 그러자 옆에 있던 부인이 고개를 절레절레 흔들며 말했다.

"쯧쯧, 아직 젊은데 이런 수술을 남편이 허락해요?"

"왜요? 그럼 어떻게 해요?"

나는 아무 생각 없이 물었다.

"나는 남편이 절제 수술을 하도 반대해서 가슴을 남겨뒀어요. 아, 그랬더니 3년 만에 재발했지 뭐예요."

사실 유방을 보존하는 것과 재발하는 것 사이에는 아무 관계가 없다는 것을 나중에야 알았다. 어쨌든 그러면 나도 절제 수술을 받아야 하는 걸까?

맥도널드가 혼자 바쁘게 뛰어다닐 때, 이 문제를 어떻게 의논해야 할지 마음이 심란했다.

나는 남녀, 즉 성별에 대한 개념이 모호한 편이다. 내 기준으로 세상에는 그저 좋은 사람과 나쁜 사람, 강한 사람과 보통 사람이 있을 뿐이다.

남자와 여자를 구분하는 건 공중화장실에서나 필요하다는 것이 내 생각이었다. 아니, 솔직히 말하면 공중화장실에서도 신사용, 숙녀용이라는 구분에 크게 지배당하지 않는 편이었다. 숙녀용 화장실에 줄이 길게 서 있으면 거리낌 없이 텅 빈 신사용 화장실로 들어가 볼일을 보고 나오는 경우도 있었다. 별것 아닌 일에 소중한 내 시간을 낭비하고 싶지 않았다.

물론 내가 황홀한 S라인에 고혹적인 미모를 타고났다면 사정이 달랐을 수도 있겠다. 하지만 나의 외모는 지극히 평범한 쪽이라 여성적 매력을 발산할 밑천이 없다. 그래서 설령 가슴 한쪽이 없어진다 해도 그렇게 대수로운 일은 아닐 수도 있었다.

냉정하게 생각해보라. 인생의 의미가 몇 백 그램 나가는 가슴에 의해 좌우된다면 너무 허탈하지 않겠는가.

하지만 예의상으로라도 한 번쯤 맥도널드의 생각을 물어봐야 할 것 같았다. 곰곰이 돌이켜보니 결혼하고 나서 맥도널드가 이런 말을 했던 것 같다.

"당신을 처음 봤을 때 한눈에 반했어. 특히 봉긋한 가슴이 인상적이었지. 그때 당신은 남성용 티셔츠에 멜빵바지를 입었는데, 눈대중으로도 75B 정도는 돼 보였거든."

사실 75B는 아니다. 브래지어를 고를 때마다 그게 고민이었다. 75C는 조금 크고 75B는 조금 작았다. 브래지어에 남는 공간이 생기는 게 싫어서 나는 B컵을 사는 편이었다.

그날 저녁, 조심스럽게 맥도널드에게 물었다.

"만약 내가 가슴 절제 수술을 받아야 한다면 동의할 거야?"

맥도널드가 새삼스럽게 왜 그러냐는 투로 물었다.

"그걸 왜 물어? 절제하라면 해야지."

마치 썩은 생선을 쓰레기통에 버리지 않고 뭐하느냐는 듯한 말투였다.

"이봐, 당신! 아내의 몸에 최소한의 애착은 가져줘야 하는 거 아냐? 75B+가 좋아, 안 좋아? 내 곡선을 계산해본 적도 있잖아. 드문 몸매라며?"

"그래서 가지고 있다 한들 어디다 쓰게? 아들도 쑥쑥 자라고 있는데."

가끔 맥도널드는 할 말을 잊게 한다. 어떻게 보면 우리 부부는 서로 다른 세계에서 사는 사람 같다. 하지만 현실에서 그와 나는 아주 잘 맞는 부부다. 이 점은 아무리 생각해도 불가사의다.

"이봐, 위지안 씨. 난 이제 S라인을 보고 흥분하는 나이가 아니야. 그러니까 내 신경 쓰지 말고 하고 싶은 대로 해."

남자도 여러 종류가 있을 것이다. 육식성 남자가 있다면 초식성 남자도 있을 것이고, 육체적 사랑을 좋아할 수도 정신적 사랑을 좋아할 수도 있을 것이다. 좋고 나쁘고의 문제가 아니라 그저 취향이 다를 뿐이며, 각자의 성격이 배우자와 잘 맞느냐 맞지 않느냐의 차이일 뿐이다.

봉긋한 가슴에는 큰 미련이 없다는 서른일곱 살의 맥도널드. 나는 이 남자를 아직 철이 없을 때 선택했다. 그때는 세상을 너무 몰랐고, 일찌감치 결혼을 선택한 것이 과연 옳은지 판단할 수 없었다.

하지만 이제는 분명히 알 것 같았다. 다음 순간, 그의 입에서 나온 말 때문이었다.

"그냥 살아만 주면 돼. 살아서 내 옆에 있어주면. 그리고 우리 '감자'의 엄마로 있어주면. 나는 그 이상으로 지안, 당신에게 바라는 게 없어. 가슴이 있건 없건, 평생 휠체어에 있건 침대에 누워 있건, 그저 지금처럼 나랑 웃으면서 얘기할 수만 있으면 좋겠어. 그러면 난 적어도 마음을 어디에 둬야 할지 알 수 있을 거야. 매일 안심하고 잠들 수 있을 거고. 그럴 수만 있다면 뭐든 상관없어. 내 곁에만 있어주면 돼. 그럼 돼."

소녀 시절의 나는, 누군가를 좋아하려면 무엇보다도 '내가 좋아할 만한 조건'들이 충족되어야 한다고 믿었다. 그 사람의 스타일, 직업, 옷차림, 목소리…… 그리고 용모(이제 와서 숨길 게 뭐가 있겠나). 나는 잘생긴 남자가 좋았다. 지극히 평범한 나의 용모를 2세에게는 물려주고 싶지 않은 콤플렉스 때문이었는지도 모르겠다.

나만의 특징은 아닐 것이다. 우리는 알게 모르게 자기만의 촘촘한 프레임을 짜놓고 사람을 대한다. 가장 먼저 외양을 따져보고 슬슬 접근하며 내면을 파악하게 된다.

그런 프레임이 가장 왕성하게 활동하는 시기가 바로 결혼 무렵일 것이다. 평생을 함께 살게 될 배우자이기에 충족되어야 할 조건도 까다로울 수밖에 없다. 이것저것 조건을 따지고, 그런 조건들에 끌려 결혼을 결심한다.

하지만 결혼해서 몇 년을 함께 지내다 보면, 어느 날 문득 깨닫게 된다. 예전에 집착했던 그 모든 조건들이 죄다 의미 없는 고집일 뿐이었다는 사실을.

중요한 것은 단 하나뿐이다. 인생이라는 차가운 벌판 위에서 끝까지 손을 놓지 않는 존재, 그런 사람인가 하는 점.

"사람과 사람이 만나 가까워지고
마침내 사랑을 하며 살아간다는 것은,
결국 아집처럼 지니고 있던 전제 조건들을
하나하나 버리는 과정일지도 모른다."

진짜 성공은
하모니라는 것

어느 부부의 집에서 차를 마시며 밤늦게까지 이야기를 나누던 때가 생각난다.

그들은 친구이자 훌륭한 스승이며 나의 소중한 역할 모델이기도 했다. 그들은 일과 가정, 사랑과 결혼, 심지어 자녀 교육에서도 내가 아는 그 누구보다 성공한 사람들이었다.

"적어도 생선구이만큼은 내가 이 사람보다 맛있게 만듭니다."

온화하면서도 박식한 남편이 자랑을 하자, 부인이 고개를 끄덕였다. 부인은 그러나 남편이 그런 솜씨를 보여준 적은 지금까지 다섯 번도 안 된다고 반박을 했다. 그리고 논란이 생선을 굽는 스타일과 특제 소스 비법 쪽으로 옮겨 갔다.

개인의 이기심보다는 공동체의 이익을, 개발보다는 환경과의 조화를 더욱 소중히 여기는 그들 부부의 품위 있으면서도 나름 귀여운

논쟁을 지켜보며, 마음속으로 '나중엔 이 사람들처럼 나이 들고 싶다'는 생각을 했다.

잠시 후, 그녀의 남편이 지하실로 내려가더니 먼지 묻은 와인 한 병을 들고 올라왔다.

"여러분! 드디어 이 와인을 딸 수 있게 됐습니다! 가장 반가운 커플이 우리 집을 찾아왔을 때 이걸 따겠다고 아내와 약속했거든요."

와인을 마시며 깊이 있는 대화가 오갔다. 학문과 예술, 사회와 문명, 인생과 사랑 등 온갖 경계를 넘나들며 통찰이 있는 이야기가 쏟아져 나왔다.

그는 재작년에 세계자연보호기금(WWF, World Wide Fund for Nature. 1961년 9월에 설립된 세계 최대의 민간 자연보호단체로 스위스 그란에 본부를 두고 있다 — 옮긴이)의 중국 지역 책임자를 맡게 되었고, 학계의 존경 또한 받고 있었다.

'아! 누군가와 대화를 나눌 수 있다는 건 얼마나 아름답고 행복한 기회인가!'

그 시간이 곧 사색 자체가 되어 나와 함께 출렁출렁 흘러가는 것만 같았다. 전에는 미처 생각하지 못했던 것들을 알게 되었고, 희미하게 느끼기만 했던 몇 가지 생각들이 대화를 나누는 과정에서 분명해졌다. 내 강의를 듣는 학생들에게 어떻게 하면 쉽게 설명할 수 있을까 고민했던 문제들의 해답을 얻을 수 있었다. 테이블 밑으로 슬쩍 휴대

폰을 꺼내어 메모 기능을 이용해 키워드를 입력하기도 했다.

"개인이 꿈꾸는 이상과 사회적 가치가 하나로 합쳐지는, 그런 일을 해서 성공을 거둔다면 얼마나 행복할까요? 그렇게 소원을 이룬다면 더 이상 바랄 게 없을 것 같아요."

부부는 각자의 꿈이 '공동의 선'과 맞닿아 있다는 점에서 자신들을 행운아라 여겼다. 그들은 오랫동안 환경과 대체 에너지에 대한 연구를 해왔고, 그와 관련한 프로젝트를 맡고 있었다. 자신의 노력이 기업과 정부에 어떤 영향을 미치는지 살펴보면서 뿌듯한 보람을 느낄 수 있었고, 꿈을 실현할 가능성은 점점 커지고 있었다. 그들이 꿈에 가까이 갈수록 더 많은 사람이 더 좋은 환경에서 행복을 누릴 수 있게 될 것이다.

우리가 무언가를 전혀 추구하지 않는 존재라면 그 인생에 무슨 의미가 있을까. 예를 들어 매슬로우의 욕구 5단계(생리적-안전-소속감과 애정-존경-자아실현) 중에서 초기의 두 단계 정도만 추구한다면 말이다. 오로지 자기밖에 모르는 삶을 살았다면, 언젠가 삶의 끝에 이르렀을 때 '좀 더 가치 있는 삶'을 살지 못했음을 분명 후회하게 될 것이다.

반대로 자기 인생을 내던져 남들을 위해 희생한다면 '숭고한 헌신'이라는 말을 들을 수도 있겠다. 헌신 자체만으로도 매우 훌륭한 인생이다. 그러나 마음 한구석에선 후회의 느낌도 들지 않을까. 위대한 분들의 속마음은 알 수 없지만, 나의 좁은 소견으로는 그럴 것도 같아서 말이다.

　인생이란 아무것도 안 하면서 살기엔 너무 소중하고, 출세만을 위해 살기에는 너무 값지다. 혼자 깨어 있는 적막한 시간에 마음 깊은 곳에서 영혼의 갈채 소리를 들을 수 있을 만큼 뜻있는 삶을 살 수 있다면, 그것이야말로 참 좋은 인생일 것이다.

　나에게는 에너지 숲 프로젝트가 있었다. 나는 대학교수로 재직하며 정부와 함께 에너지 숲이 녹화 및 온실가스 흡수, 재생에너지, 산간 지역의 경제에 미치는 영향과 의의를 연구해왔다.

　황련목을 '에너지 수목'으로 심어 다양하게 활용하자는 계획이었다. 황련목은 어릴 때는 그늘이나 메마르고 척박한 곳에서도 잘 자라고 토질을 잘 따지지 않는다. 뿌리가 깊어서 바람에도 강하며 수명이 300년 이상 된다.

　가장 중요한 점은, 황련목 나무와 열매에 함유된 지방 성분을 바이오 디젤 등으로 만들 수 있다는 부분이다. 열매의 지방 함유율은 35퍼센트 정도이고, 씨의 지방 함유율은 25퍼센트다. 황련 열매 2.5톤에서 바이오 디젤 1톤을 생산할 수 있다.

　더욱 놀라운 부분은 친환경성이다. 황련목 열매의 성분을 휘발유에 첨가하면 이산화황 배출을 70퍼센트 이상 줄일 수 있는 것으로 나타났다.

그런데 그 프로젝트가 본격 시동을 걸고 기세 좋게 출발하려는 찰나, 사업을 제안했고 책임을 맡은 내가 덜컥 암에 걸려 이렇게 누워버렸으니 안타깝기만 하다.

서른 문턱을 넘자마자 병상에 누워 하루치의 모래알이 뚝뚝 떨어지는 것 같은 시간을 마주하다 보면, 많이 부족하게 살아온 지난날이 부끄러워지는 게 사실이다.

그들 부부의 말처럼 중간 정도가 딱 좋을 것 같다. 개인의 가치와 공동의 사회적 가치가 합쳐진 삶이야말로 진정 '멋진 인생'이며 스스로에게 박수를 보낼 수 있을 만큼 성공한 인생이 아닐까. 내가 무엇을 위해 이 세상에 태어났는지(개인적 목적)와 이 지구라는 행성에 어떤 도움을 주기 위해 왔는지(사회적 목적)가 온전하게 결합되는 것이야말로 행복한 각성이 아닐까 싶다.

> "자기 삶의 궤적이 다른 이들에게 조금이라도 바람직한
> 변화를 줄 수 있다면, 이 세상을 손톱만큼이라도
> 더 좋게 만들 수 있다면 그것으로도 충분하리라."

사랑은
확인할 필요가 없다는 것

주치의인 J박사는 '금테 안경을 씌워놓은 배추'처럼 심한 곱슬머리에 하얀 얼굴을 가진 자상한 남자였다.

처음에는 말투 때문에 약간 딱딱하게 보였지만 자주 만나게 되면서 그가 암 전문의로서 인내심과 낙관주의, 자애심은 물론 뛰어난 실력까지 갖춘 사람이라는 것을 알게 되었다. 대담하기도 해서 손을 써야 할 때는 단호하게 처방을 내렸다.

그의 유일한 단점은 너무 유명해서 정신없이 바쁘다는 것이었다. 그래선지 환자의 이름을 잘 기억하지 못했다.

한동안 J박사는 나를 리지안, 왕지안, 류지안, 린지안 등으로 불렀다. '위지안'이라고 몇 번이나 정정해주었지만 소용이 없어 포기하고 말았다. J박사가 나를 어떻게 부르건 그저 미소만 지어 보였다.

하지만 혹시라도 J박사가 내 병세를 잘못 알지는 않을까 하는 걱정은 없었다. 회진할 때마다 그가 가장 효율적으로 내 병과 쓰는 약, 현재의 반응까지 주도면밀하게 체크한다는 사실을 알았기 때문이었다.

맥도널드는 암 병동으로 올라온 첫날, J박사에게 한마디로 '찍혔다.' 박사는 병실 밖으로 남편을 불러냈는데, 문은 닫혀 있었지만 두 사람이 나누는 대화가 또렷하게 들렸다. J박사는 맥도널드를 불러내자마자 호되게 질책했다.

"환자 남편 되십니까?"

"예."

박사가 버럭 소리를 질렀다.

"도대체 뭐하시는 분입니까?"

맥도널드의 대답이 가관이었다.

"예? 대, 대학에서 강의를……."

맥도널드는 대학교수라는 직업 때문에 더 호되게 당해야 했다.

"아, 교수님이세요? 그럼 잘 아실 만한 분이 환자가 저 지경이 되도록 도대체 뭘 하신 겁니까? 어째서 이제야 병원에 왔습니까? 도대체 그동안 뭘 하셨습니까?"

"……."

남편은 아무 대답도 할 수 없었다.

"환자가 '괜찮다'고 버텨도 남편이 억지로라도 병원으로 데려왔어야죠. 이틀만 늦었어도 곧장 영안실로 가셨을 겁니다."

맥도널드가 한참 동안 박사의 질책을 듣고 병실로 들어왔을 때, 그의 M자형 이마는 그야말로 진땀 범벅이었다. 그렇게 혼을 내지 않아도 맥도널드는 밤마다 가슴을 치며 자책하고 있는데……. 맥도널드는 어렸을 때 부모님께 혼나본 뒤로 그토록 혼쭐이 난 게 처음이라고 했다.

그 뒤로 J박사와 맥도널드의 대화는 언제나 불협화음을 이루었다.

"보호자 분의 경제력이 어떻습니까? 부자입니까?"

J박사가 물었다.

맥도널드는 그 말에도 자존심이 상한 모양이었다. 의사를 뚫어지게 쳐다보며 대답했다.

"제 경제력 따위는 신경 쓰지 않으셔도 됩니다. 치료나 잘 부탁드립니다."

남편이 다른 사람에게 그렇게 공격적인 모습을 보인 건 처음이었다. J박사는 맥도널드에 대해 '부인이 중병에 걸린 것도 모르고 방치한 한심한 인간'이란 선입견을 갖고 있었고, 남편은 남편대로 자기를 그렇게 생각하는 J박사가 못마땅했을 것이다. 그러다 보니 두 사람의 대화는 언제나 삐걱댈 수밖에 없었다.

J박사는 금테 안경을 추어올리며 말했다.

"허셉틴이라는 약을 쓰면 한 번에 2만 5,000위안(약 450만 원가

량 — 옮긴이)입니다. 21일에 한 번씩 사용하죠. 부인 같은 환자는 언제까지 써야 할지 알 수 없습니다. 경제적 부담이 만만치 않을 것이기 때문에 여쭤보는 겁니다."

맥도널드가 의사의 눈을 정면으로 응시하며 대답했다.

"아파트를 팔면 됩니다. 어쨌든 집보다는 목숨이 중요하지 않습니까? 어떤 대가를 치르더라도 제 아내를 지켜줄 겁니다."

나를 위해 모든 것을 다 내놓겠다는 남편의 의지에는 깊은 감사를 표했지만, 이런 식의 대화는 아무에게도 도움이 되지 않는 충동의 발산이라고밖에 말할 수 없었다.

맥도널드는 퇴원할 때까지 주치의의 호감을 얻지 못했다.

"어떡하지? 의사가 날 싫어해……."

노르웨이 유학 중에는 끔찍할 정도로 그가 보고 싶었다. 하루에도 몇 번씩 그가 궁금했고, 그의 사랑을 확인하고 싶었다. 한밤중에 그의 전화를 받을 때면 눈물부터 흐르기 시작해서 제대로 대화를 나눌 수 없을 정도였다. 하지만 다시 돌아와 함께 지내기 시작하자 일주일도 채 안 되어 예전과 같은 관계로 돌아가고 말았다. 그냥 익숙하고 편한 상태로 함께 살아가는 정도랄까. 약간은 심심하고 또 약간은 지루한 듯 상대방이 하는 일을 존중해가며 평범하게 살아갔다.

그런데 내가 몸져눕게 되면서 한 편의 드라마가 시작되었다. 맥도널드는 평소의 훈훈한 사랑이 위기를 맞이하면 어떻게 180도 변화하는지를 온몸으로 보여주었다. 늘 내 침대 곁에서 책을 보다가 불편한 게 있으면 해결해주었다. 밥을 떠먹여주고 몸을 닦아주며 온갖 시중을 들어주었다.

간호사들은 "명문대 교수를 하인처럼 부린다"면서 농담 반 진담 반 나를 힐난하곤 했다. 맥도널드가 환자용 식판을 옮기며 휴대전화로 실험실 연구원들을 원격 지휘하는 카리스마를 보면서는 감탄과 동시에 부러운 듯한 눈초리를 보내기도 했다.

어느 날, 몇 가지 검사를 받은 뒤 J박사가 말했다.

"왕지안 씨(어휴~ 또 성을 틀렸다), 당신 상태가 그다지 좋지 않습니다. 약을 써야겠는데 우선 고칼슘 혈증은 잘 넘겼지만 골 용해증이 의심됩니다."

그러고는 또 바람처럼 사라졌다. 잠시 후 의사들이 줄줄이 달려왔다.

"움직이지 말아요. 조금이라도 움직이면 안 됩니다."

상냥한 여의사는 "침대에서 일어나지 말고 몸을 휙휙 돌리지도 말고 허리를 굽히지도 말아요"라고 했다. 나는 "네, 네, 네" 대답하며 속으로 '내가 침대에서 일어나 몸을 돌릴 수나 있는 줄 아세요?' 하고 투덜거렸다.

놀랍게도 두유 팩 크기의 주사액이 몸속에 들어가자, 혈액 내 칼슘 수치가 정상으로 돌아왔다. 비정상적인 것은 그날 밤 열이 41.4도까지 올랐다는 점이다. 열이 오르기 전에 환자복을 갈아입으려는데 도무지 팔을 옷에 끼워 넣을 수가 없었다. 결국 단추가 있는 부분이 뒤로 가도록 입고, 등 쪽 단추는 끝내 채우지 못했다. 그 간단한 동작을 무려 한 시간에 걸쳐 간신히 해낸 뒤 고열로 정신이 혼미해졌다. 남편 맥도널드조차 알아보지 못할 정도였다.

새벽 세 시쯤, 갈증에 눈을 떴다가 혼비백산하고 말았다. 수염이 덥수룩한 남자가 눈앞에 불쑥 나타난 것이었다.

나는 불분명한 발음으로 소리쳤다.

"으악, 당신 누구야? 저리 가, 저리 가! 사람 부른다! 허튼짓 하면 확 물어버릴 거야!"

훗날 맥도널드는 틈만 나면 이 사건을 들먹이며 나를 놀려댔다.

그는 가까스로 나를 진정시키고 단추를 하나하나 채워주었다. 그리고 깨끗한 물수건으로 내 몸을 닦아주었다.

수치스럽게도 내게는 엉덩이를 스스로 닦을 힘조차 남아 있지 않았다. 남편이 그것까지 해주어야만 했다. 맥도널드는 수시로 내게 "가슴이 너무 두근거리지는 않아? 지금 호흡은 잘되는 거지?"라고 물었다. 나는 열에 들떠 지쳐서 말없이 고개를 끄덕이다 잠이 들었다.

날이 밝아올 무렵 다시 잠에서 깼다. 눈만 돌려 옆을 보니 보호자용 침대에 누워 있어야 할 맥도널드가 보이지 않았다. 눈을 조금 더 돌리자, 그의 머리가 보였다. 신경을 많이 써서였는지 가운데 머리에 탈모가 진행되고 있었다. 가슴이 아팠다.

그는 무릎을 꿇고 기도하고 있었다. 나는 그의 기도가 끝날 때까지 기다렸다.

"벌써 깬 거야?"

내가 물었다.

"응, 조금 잤는데 금방 깼네."

남편이 대답했다. 말은 그렇게 했지만 한숨도 못 잔 것 같았다.

"뭐라고 기도했어?"

나의 물음에 맥도널드는 머리를 긁적이더니 말했다.

"하늘에 빌었어. 지안, 당신을 살려달라고. 당신이 살아서 내가 앞으로 50년 동안 매일매일 당신 엉덩이를 닦아줄 수 있게 해달라고 기도했어."

하루에도 몇 번씩 '사랑받고 있음'을 확인하고 싶다면, 그것은 상대가 아닌, 자기 스스로가 흔들리고 있기 때문이 아닐까 하는 생각이 지금 문득 든다.

" 정말 사랑이라면 그걸 굳이 표현하지 않아도
일상에서 즐겁게 마음으로 전해지게 되는 것이니까."

시간이란,
여행을 떠날 수 있는 기회라는 것

말기 암 선고를 받고 나자, '가보지 못한 곳'이 가장 안타깝다. 더 이상 떠날 수 없는 처지가 되었기 때문일 게다.

시간은 한번 지나가면 다시 돌아오지 않는다. 시간이 눈앞에서 조용히 지나가지만 우리는 그 어떤 수단을 써도 그것을 잡을 수 없다. 그저 가만히 앉아 시간이 마음의 강 저편으로 흘러가는 소리를 듣는 수밖에 없다.

여행의 추억이 사무치게 그립다. 유학은 물론 학술회의 때문에 여러 나라, 여러 도시를 방문해보았지만 그중에서도 가장 먼저 생각나는 건 피렌체다. 피렌체는 차가우면서도 짙푸른 비취 느낌을 떠올리게 한다. 첨단 문명은 편리하지만 어쩐지 값싸게 느껴지는 반면, 오랜 역사를 간직한 르네상스 문명은 불편해 보이면서도 세련된 느낌이다.

한 걸음, 한 걸음 닿는 곳마다 역사와 전통이 살아 있다. 거리와 건물 창살에도 옛사람들의 지혜가 묻어나고 거리와 골목, 회랑과 다리에서도, 심지어 석회암에서도 문화적 전성기의 아름다움이 가득했다.

노르웨이에 유학 중일 때, 짧은 방학을 이용해 이탈리아로 도망치듯 여행을 떠났었다. 북유럽의 매서운 눈보라를 피해보겠다는 명분이었다. 하지만 얄궂게도 피렌체에 도착하자마자 11년 만이라는 대폭설을 만났다.

행운이었을까, 불행이었을까? 하지만 눈 덮인 피렌체는 범접할 수 없는 고아(高雅)한 아름다움을 보여주었다. 눈 내리는 피렌체는 그야말로 그림으로 그려낸 한 편의 아름다운 서정시나 다름없었다. 결론은 일생에 두 번 다시 만나기 어려운 행운.

나는 500여 년의 역사를 자랑한다는 가정식 호텔에 여장을 풀었다. 천장이 높은 홀과 넓은 문이 이색적이었고 황동으로 만든 오래된 빗장이 호기심을 자극했다. 그리고 정원 입구 한쪽의 오래된 석상. 젊은 청년의 모습을 한 석상은 허리에 긴 칼을 차고 먼 곳 어딘가에 시선을 향하고 있었다. 석상 옆에는 세월처럼 얽히고설킨 덩굴이 보였다.

눈길 닿는 곳 모두가 매혹 그 자체였다. 그런 아름다운 도시에서 내게 주어진 시간은 단지 사흘뿐이었다. 나는 어려운 선택을 해야만 했다.

'어떡할까? 빽빽한 일정표를 짜고 관광 안내 책자를 든 채 열심히 뛰어다녀야 하나? 아니면 오랫동안 추억을 되새길 수 있는 뭔가를 쇼핑해서 돌아가야 하나?'

나는 제 3의 길을 선택했다. 그냥 '바쁠 것 하나 없는 유랑인'처럼 이 도시를 배회하기로 했다.

허공에 흩날리는 눈가루조차 미켈란젤로가 끌로 긁어낸 회벽가루처럼 느껴지는 그 도시에서 용케도 시장을 하나 찾아냈다.

멧돼지 동상으로 시작되는 생활용품 시장은 상하이의 전통 시장과 느낌이 비슷했지만 가죽 제품이나 장식품, 전통 공예품이 더 많았고 가격도 북유럽에 비해 훨씬 저렴했다.

시장을 둘러보고 근처에 있는 피사의 사탑으로 향했다. 피렌체는 로마처럼 뭔가를 내세우는 분위기가 아니었다. 겉으로 자신을 드러내기보다는, 물처럼 모든 것을 수용하는 편안함이 도시 풍경의 저변에 깔려 있었다.

그래서 피렌체는 지금까지도 내게 '영혼의 간이역' 같은 느낌을 남기고 있다. 황홀하지만 결코 휘황찬란함으로 눈을 어지럽히지는 않는 풍광. 세계의 어느 도시가 그런 느낌을 줄 수 있을까. 피렌체 말고는 없다고 나는 단언한다.

두오모 성당 꼭대기에서 석양을 바라보며 기도하던 수많은 사람들, 미술관에서 만난 다 빈치의 시대와 공간을 뛰어넘는 예술적 숨결, 관광객들을 오만한 혹은 자애로운 눈길로 내려다보고 있던 다비드상.

피렌체는 약간은 도도한 아름다운 소녀처럼 시간이 교차하는 입구에서 나에게 침묵의 미소를 보여주었다. 피렌체는 눈앞의 이익에만 급급해 관광객을 끌어들이기 위한 고층 호텔을 짓거나 도시를 개발하는 데는 무심했다. 피렌체는 역시 피렌체다웠다.

영혼의 간이역 같은 도시에서 꿈을 꾸던 나는 스스로에게 이런 질문을 던질 수밖에 없었다.

'인생에서 가장 중요한 것은 무엇일까?'

나의 답은, 시간이었다. 정확하게 말하자면 '내게 주어진 시간을 어떻게 쓸 것이냐'였다.

그해 겨울, 피렌체에서 보낸 사흘이 없었다면 내 인생의 채도는 그다지 높지 않았을 것이다.

사람들은 대부분 '여행'이라는 단어를 '언젠가'로 연결시킨다.

"언젠가는 훌쩍 떠날 거야"라는 말로 10년이 흐르고, 20년이 훌쩍 흐른다. 그리고 머리가 희끗희끗해져서야 비로소 깨닫는다.

**"여행을 떠나기에 적합한 시기가 따로 있는 게
아니라는 것을."**

지금 나는 침대에 누워 창밖의 먼 길을 바라보고 있다. 다시 일어나 걸을 수 있다면, 길이 끝나는 곳까지 쉬엄쉬엄 천천히 걸어가고 싶다.

나보다 더 긴 시간을 살아갈 사람들에게 알려주고 싶다. 누구에게나 마찬가지라고. 시간이란, 여행을 떠날 수 있는 기회라고.

추억은
지혜의 보따리라는 것

유럽이나 미국의 영화를 보면 두 사람이 길 하나를 사이에 두고 이쪽과 저쪽에 서서 대화하는 장면이 자주 나온다. 이때 신문을 배달하는 소년이 자전거를 타고 지나가면서 집 앞에 신문을 획획 던진다. 그러면 신문은 현관 매트에 정확하게 떨어지고, 카메라는 신문의 헤드라인을 클로즈업한다. 주인공은 헤드라인에 깜짝 놀라 마시고 있던 커피를 쏟는다.

노르웨이에 도착한 지 1년쯤 되었을 때부터 아르바이트를 시작했다. 나는 영화에 나오는 그런 신문 배달부가 되어 주소록을 들고 집집마다 신문을 돌렸다.

새벽 다섯 시부터 일을 시작했다. 노르웨이처럼 작고 조용한 나라에 무슨 뉴스가 그렇게 많은지 몰라도 신문의 두께가 대단했다. 특히 주말판은 10부만 쌓아도 높이가 30센티미터에 육박했다. 그런 걸 한 번에 200부씩이나 돌려야 했다.

게다가 내가 맡은 지역은 걸어서 배달해야 하는 구간이었다. 그래서 신문 운반용 수레를 끌고 다녔다.

국내에 있을 때에도 편하게 대학을 다닌 것은 아니었다. 아빠에게 부담을 주지 않기 위해 등록금 이외에는 전부 내가 벌어서 썼다. 온갖 아르바이트를 해보았다. 과외는 물론 조사원, 문서 보조, 필사, 번역, 기획, 스토리 보조 작가, 프로젝트 연구원 등이었다.

하지만 노르웨이에서는 그런 아르바이트가 주어질 리 없었다. 대화가 잘 통하지 않는 유학생이 할 수 있는 일이라고는 단순 육체노동뿐이었다. 그래서 나름 알아본 게 신문배달이었다.

그런데 노르웨이의 집들이 주로 어디에 있는지 아는가?

거의가 산비탈에 있다. 주요 도로에서 벗어나면 곧바로 길이 울퉁불퉁해진다. 그런 길과 언덕을 뻔질나게 오르락내리락해야 했다. 살인적인 노동이었고 죽을 만큼 힘이 들었다.

경사로를 오를 때면, 신문이 가득 실린 수레는 아무리 끌어도 꼼짝도 하지 않았다. 그때만큼 체력이 절실한 적도 없었다. '아무짝에도 쓸모없는 책상물림'이란 말이 딱 들어맞았다. 아, 그 순간에는 차라리 내가 짐꾼으로 변하기를, 아니면 그저 수레를 끌 수 있을 정도의 남자로 변해도 좋겠다고 간절히 바랐다.

노르웨이의 신문 배달 방법은 미국 영화에 등장하는 소년들이 하던 것과 차이가 있었다. 노르웨이의 주택에는 집 앞에 우체통이나 신문함 같은 것들이 있었다. 한마디로, 신문을 마당에 툭 던지는 걸로 일이 끝나는 게 아니었다.

온갖 곳에 절묘하게 숨어 있는 신문함을 일일이 찾아내 뚜껑을 열고 신문을 고이 집어넣은 다음 다시 닫아두어야 했다. 이 일련의 동작을 되풀이하다 보면, 보름 만에 장갑을 새로 하나 구입해야 했다. 금세 구멍이 나기 때문이었다.

특히 목요일과 일요일은 신문 보급소에 불이라도 나기를 바랄 지경이었다. 복지 선진국인 노르웨이의 신문사들은 매주 목요일에는 모든 집에 무료로 신문을 넣어주는 전통을 갖고 있었다.

이건 두 시간 동안 400'권'의 신문을 배달해야 함을 의미했다. 노르웨이의 신문은 '권'이라는 표현이 '부'보다 훨씬 적합하다. 400권의 신문을 배달 수레에 쌓으면 산처럼 높아졌고 그 무게는 기절할 만큼 엄청났다.

일요일이면 백과사전처럼 두꺼운 주말 신문을 수레에 싣고 비탈에 있는 단독 주택들은 물론, 4층 아파트 여덟 동과 10층 아파트 두 동을 돌아야 했다. 게다가 아파트는 신문 수레를 밀고 들어갈 수 없어서 하나하나 들고 올라가야만 했다.

하지만 시간이 흐르자 이상하게도 적응이 되었다. 익숙해졌을 때에는 엘리베이터 따위는 쳐다보지도 않게 되었다. 한 번에 두 계단씩 뛰어 올라가 금방 10층에 이르곤 했다.

아파트 같은 고층 건물에도 좋은 점은 있었다. 신문함이 따로 없기 때문에 문 앞 매트 위에 신문을 정확히 안착시키기만 하면 그걸로 끝이었다. 나는 그 점을 이용해 배달 시간을 절약할 수 있었다. 예를 들어, 6층과 7층의 집에 배달을 할 경우에는 6층 반쯤 올라서 양쪽 집에 신문을 날리는 것이었다. 꾸준히 연습한 결과, 달인이 되어 어떻게 던지든 늘 원하는 위치에 신문을 착착 떨어뜨릴 수 있게 되었다.

처음엔 배달을 끝내고 돌아오면 꼼짝도 못하고 침대에 두어 시간 동안 누워 있어야 했다. 평소 운동이라곤 전혀 하지 않다가 친구 손에 이끌려 하프 마라톤을 완주한 듯한 느낌이랄까. 게다가 저녁에 잠이 들 즈음이면, 뭇매를 맞은 것처럼 온몸이 쑤셨다. 어디가 아픈지 말로 다 표현할 수도 없었다. 어깨부터 팔, 허리, 다리, 발바닥이 죄다 불이 난 것처럼 욱신거렸다.

무료 신문을 처음 돌린 목요일에는 너무 힘들어서 엉엉 울고 싶었다. 하지만 그 정도 수준을 초월할 정도로 힘이 들었는지 눈물조차 나오지 않았다. 침대에 누웠지만 잠도 오지 않았다. 그제야 비로소 '피곤하다'는 말의 진정한 의미를 알게 되었다. 정말로 피곤하면 녹

초가 되어 곯아떨어지지도 못하는 것이었다.

나중엔 한 시간 반 동안 두 개 노선을 돌려도 가뿐했다. 때로는 힘이 남아돌아 할인 마트의 타임 세일을 기웃거리기도 했다. 이렇게 계속 육체노동을 하다 보면 언젠가 슈퍼맨, 아니 원더우먼이 될지도 모른다는 생각도 들었다.

새벽 다섯 시에 10층 건물을 걸어 올라가며 굵은 땀방울을 흘리는 동안, 내 안에서 미래에 대한 꿈과 열정이 활활 타올랐다. 그때 몸으로 체험한 '살아 있는 성취감'은 그 이후의 나의 인생에 유용한 연료가 되어주었다.

추억이란, 한 장의 스냅사진 속에 들어 있는 '끝없는 이야기'인가 보다.

언제부턴가 침대에 누워 기억 속 스냅사진을 한 장씩 꺼내 보는 일이 잦아졌다. 마음의 시간은 육체의 시간보다 더디게 흐른다. 하루를 온통 추억 속에서 보낸 날은, 그래서 참 오래 산 기분이 들곤 한다.

생각이나 느낌은 머리의 역할인 줄만 알았는데 지금 생각해보니 몸이 먼저인 것 같다. 무거운 신문 더미를 짊어지고 계단을 오르다가 7층 창가에 서서 잠시 땀을 닦으며 맞이하던 그 아침의 풍경이 지금도 여전히 나의 근육 속에서 생생하다.

몸을 움직여 땀을 흘릴 수 있다는 것은 얼마나 행복한 일인가!

우리가 '힘들다'고 말할 수 있는 것은 건강한 몸이 있기 때문이다. 땀 흘리며 하루를 시작하고 성취감까지 만끽할 수 있게 해준 나의 몸에 지금 뒤늦게 감사를 표하고 싶다. 그 고된 추억이 지금 생각해보면 얼마나 큰 축복이었는지…….

추억이란 게 왜 그렇게 소중한지 이제야 알 것 같다. 인생의 어느 지점에 서게 되면 누구나 아껴둔 식량처럼 추억의 보따리를 풀어 하나씩 하나씩 음미하게 된다. 그런 음미를 통해 추억의 의미를 재해석하고 삶의 또 다른 지혜를 얻는 것이다.

"나중에 더 많은 미소를 짓고 싶다면 지금
삶의 매 순간을 가득가득 채우며 살아야 할 것 같다.
앞으로 살아갈 날이 얼마나 남았든."

두 번째 이야기

삶의 끝에서
다시 만난 것들

추억을 대수롭지 않게 여기면 후회하게 된다.
인생의 어느 순간, 당신은
그때까지 쌓아둔 추억 더미 속에서
삶의 의지와 희망을 찾아내기 위해 필사적으로 허우적거릴 수도 있다.
그 즈음에는, 알게 될 것이다.
당신의 추억이 우주에서 하나밖에 없는 값진 재산이라는 것을.

누구나
막대한 빚을 지고 있다는 것

J박사는 유리벽 너머 CT 조정실에 한참 동안 앉아 있었다. 어떻게 손을 써야 할지 막막해하는 것 같았다. 방사선 치료는 양날의 검이라 치료 수단이 될 수도, 살상 무기가 될 수도 있다. 만일 필요한 부분을 모두 치료하려 한다면 나는 금방 바비큐가 될 것이다.

J박사가 문을 열고 들어와서는 물었다.

"이지안 씨(또 틀렸다. 차트를 보면서도 왜 만날 성만 틀리는지)는 아이가 있습니까?"

"아들이 하나 있어요."

"아, 그럼 됐습니다."

J박사는 살짝 미소 짓더니 덧붙였다.

"지금부터 당신과 상의할 일이 있습니다. 내가 당신을 거세할 생각입니다."

"거세라니요?"

"그러니까…… 당신 난소에 방사선 치료를 하려고 합니다."

J박사는 담담한 목소리로 말했다.

그때 내 얼굴에 공포가 역력하게 드러났던 모양이다. J박사는 의외라는 표정이었다. 하긴, 그동안 어려운 선택의 순간에조차 거리낌 없이 대충대충 넘어가던 별종이었으니 그럴 만도 했다. 서른 살 먹은 젊은 여자가 제 앞가슴을 쫙 펼치고 활짝 웃으며 유방 절제 수술을 받겠다고 나서는 경우는 드물지 않은가. 그래서 난소도 대수롭지 않게 넘어갈 거라 여겼던 모양이다. 하지만 이번엔 경우가 좀 달랐다.

가슴이야 어쩔 수 없었다지만, 몸속 깊은 곳에 있는 '최후의 여성성' 만큼은 버리고 싶지 않았다. 내가 망설이며 대답하지 못하자, J박사가 한참을 생각하다가 말했다.

"그럼 이렇게 합시다. 치료 결과를 보고 한 달 뒤에 다시 결정합시다. 하지만 어쩔 수 없는 상황이라면 난소에 방사선 치료를 해야 합니다. 당신의 병이 에스트로겐과 매우 밀접한 관계가 있기 때문입니다."

큰 병에 걸리게 되면 순간순간 뜻밖의 문제가 닥쳐온다. 그때마다 판단과 결정은 본인이 직접 해야 하고, 이후에 발생하는 모든 결과 역시 자신의 것으로 받아들여야 한다. 때로는 심리적인 문제, 때로는 생리적인 문제, 또 때로는 가치관과 세계관에 관한 문제들이다.

갑작스러운 병은 나를 용광로에 밀어넣어 온몸을 용해시키려는 것만 같았다. 그렇게 해서라도 새롭게 태어날 수 있다면, 새 삶을 살아갈 수 있다면 무엇인들 못할 것이 없겠지만.

나는 그 겨울을 잊을 수가 없다.

남편과 함께 설을 쇠러 시댁에 내려가 있었다. 일을 완전히 잊고 싶어 두 사람 모두 노트북을 가져가지 않았다. 도시의 삶에 찌든 우리에게 시댁은 천국이나 다름없었다.

섬에 있는 시댁은 바다를 바라보고 있어 거실 소파에서나, 침대에서나 언제든 바다의 아름다운 변화를 감상할 수 있었다. 반면 주방과 서재는 산 쪽을 접하고 있어 창문만 열면 늘 싱그러운 풀 냄새를 맡을 수 있었다.

나는 반나절이 넘도록 침대에서 이리 뒹굴고 저리 뒹굴며 창밖의 어선들만 바라보았다. 맥도널드가 어딘가 구경을 가자고 했으나 못 들은 척 꼼짝도 하지 않았다. 이틀 동안 그렇게 늘어지게 누워 있었다.

'왜 이렇게 몸이 무거운 것일까?'

설날 아침, 시댁 식구들과 예불을 드리러 절로 향했다. 그 길에 나는 차멀미를 했다. 시어머니가 의미심장한 미소를 지었다.

"지안, 좋은 일 생긴 것 같구나. 멀미는 안 한다고 하지 않았니?"

그러고 보니 월경일이 훌쩍 지났는데도 소식이 없었다. 다음 날,

잠깐 나갔다 오는 길에 임신 진단 시약을 샀다. 설명서를 꼼꼼히 읽고 그 다음 날 아침에 테스트를 해봤다. 세상에! 임신이었다.

신기했다. 설날 아침에 빌었던 소원이 이렇게 금방 이루어지다니.

맥도널드를 불러 확실하지는 않지만 임신일 가능성이 있다고 이야기했다. 그는 눈이 동그래지더니 두 주먹을 불끈 쥐고 펄쩍 뛰었다. 머리가 천장에 닿을 정도로.

"와우, 와우!"

그는 괴성을 지르며 미처 말릴 틈도 없이 밖으로 뛰어나가 고래고래 소리를 질렀다.

"제가 아빠가 됩니다!"

그때까지도 난 반신반의했다. 그래서 그날 저녁, 다시 임신 진단 시약을 한 아름 사들고 왔다. 처음 테스트했던 것이 그다지 믿음이 가지 않는 싸구려 제품이었기 때문이다. 하지만 이튿날 아침의 테스트 결과 또한 전부 임신을 나타냈다.

친정에 들러 친척들과 점심을 먹을 때, 두 살짜리 딸을 둔 사촌 언니에게 살짝 물었다.

"그런데 나는 왜 입덧을 안 하지?"

언니가 씩 웃으며 대답하려는 찰나, 아버지가 주방문을 벌컥 열었다.

갑자기 돼지고기찜 냄새가 방 안을 가득 채웠다. 언제나 좋아했던 그 냄새를 맡는 순간, 화장실로 달려가 하늘이 노래질 정도로 구역질을 하고 말았다.

나는 그렇게 임산부가 되었다. 내 인생에 커다란 변화가 생긴 것이다.

'자, 그럼 이제부터 어떻게 해야 하는 거지?'

임신한 것도 모르고 있었다니, 역시 난 덜렁이였다. 몇 주째인지도 알 수 없었다. 연휴라서 산부인과에 가볼 수도 없었다.

마음을 편하게 먹으려고 했지만 더 이상 예전의 내가 아닌 나를 문득 발견하게 되었다. 내가 아닌 것 같은 낯선 나.

아들 '감자'는 그런 혼란의 와중에도 내 배 속에서 무럭무럭 자랐다.

'난소를 포기할 것인가, 말 것인가?'

이 문제를 놓고 맥도널드와 나는 뜻밖에도 팽팽하게 대립했다.

유방 절제의 경우엔 생각이 같았지만, 난소 문제에 대해서는 생각이 달랐던 것이다. 나는 난소가 여성에게 얼마나 절대적 의미를 지니는지 조곤조곤 설명했다. 난소는 유방처럼 있어도 그만, 없어도 그만인 게 아니다. 난소를 제거한다면 나는 여성의 가장 상징적인 능력을 영원히 상실하게 된다.

그뿐이 아니었다. 난소가 없어지면 조급증, 흥분, 우울, 기억력 감퇴뿐 아니라 의심증과 혈압 상승, 어지럼증, 전신 무력증 등이 한꺼번에 몰려온다고 했다. 심지어 노화 속도마저 빨라진다고 들었다.

그럼 어떡하지? 맥도널드와 함께 나가면 사람들이 나를 엄마나 큰 누나쯤으로 보게 되지 않을까? 생각만 해도 끔찍했다.

"그럼 어때? 늙어 보이건 아이를 못 낳건 그게 무슨 상관이야? 당신 목숨보다 중요해?"

맥도널드는 사는 것보다 더 큰 욕심이 어디 있냐고 했다. 하지만 나는 침몰하는 배에서 보석 가방을 찾겠다고 선실로 뛰어드는 사람처럼 어리석게 고집을 부렸다. 맥도널드는 갑자기 말을 뚝 끊더니 내 눈을 한참 들여다봤다. 깊은 눈이 그 순간만큼은 공허해 보였다.

"당신은 이미 엄마잖아. 욕심이 남아 있다면 이제는 사는 데에만 다 쏟아 부어줘."

그러고는 감정을 주체하지 못했는지 병실 밖으로 나가버렸다.

내가 '여성성'을 잃고 싶지 않아 갈등하고 있을 때, 남편은 나를 잃을까봐 애를 태우고 있었다. 털털하기만 했던 내가, 그래도 어쩔 수 없이, 여자인 모양이었다. 목숨이 오락가락하는 상황에서 '늙어 보일까봐'를 걱정하다니.

만일 삶이란 게 혼자만을 위한 것이었다면, 나는 아마 더 쉽게 포기하고 더 빨리 절망했을지도 모른다. 내가 그 혹독한 시간들을 버텨내고 난소에 집착하는 욕심을 부릴 수 있었던 것은 혼자가 아니었기 때문이다.

그때 알았다. 누구나 사랑의 빚을 지고 있다는 것을. 평소에는 의식하지 못하지만, 갑자기 힘들어지거나 커다란 슬픔에 빠지게 되면 그 빚이 어떻게 새로 생기는지 느낄 수 있다. 나의 경우는 빚이 너무 엄청나서 헤아릴 수도 없지만…….

> " 우리는 가족과 친구, 소중한 이웃들에게
> 어떤 형태로든 사랑의 빚을 지며 살고 있다.
> 그러니까 행복한 것은, 언젠가 갚아야 할 빚이다."

(심각했던 신경전은, 결말이 허탈한 코믹 영화처럼 우습게 끝나버렸다. 그로부터 한 달 뒤, 치료 결과가 좋다며 J박사가 난소에 방사선을 쬐겠다는 방침을 취소한 것이다. 그래서 지금 이 순간에도 내 몸 속의 난소는 아직 무사하다. 나는 여전히 여자인 셈이다.)

불안과 두려움 없이는
어른이 되지 못한다는 것

학교에서는 임신 초기 3개월은 절대 안정을 취해야 한다며 쉬라고 했다.

"아니에요, 정상 출근하겠습니다."

에너지 숲이 지역 경제에 미칠 영향 등에 대한 보고서를 제출한 뒤, 정부와의 공동 프로젝트가 막 시작될 무렵이었다. 나는 노르웨이와 스웨덴의 경우 이미 1980년대부터 '에너지 임업'이라는 개념을 도입해 전체 에너지 사용량의 17~19퍼센트를 바이오매스 에너지에서 얻고 있다고 보고했고, 나의 제안에 정부의 에너지 전문가들이 높은 관심을 보여 합동 연구팀이 구성된 상태였다.

하지만 '정상 출근해 일을 하겠다'는 나의 의견은 받아들여지지 않았다. 강제로 쉬어야 했다. 학교 규정에 떠밀려서.

그 후로 많은 변화가 불가피해졌다. 대중교통은 될 수 있는 대로 피해야 했고, 그 좋아하던 커피를 입에 댈 수도 없었다. 단골 커피하우스에서 '좋은 원두가 들어왔다'는 전화를 받았을 때는 화까지 날 지경이었다.

임신 직전까지 바쁘게 뛰어다니던 '나'는 뒷전으로 밀려나고, 모든 것이 배 속의 아이를 중심으로 돌아갔다. 이게 뭐람?

물론 좋은 점도 있었다. 몸매에 신경 쓰지 않고 뭐든지 실컷 먹을 수 있는 자유는 좋았다. 여느 임산부들은 입덧 때문에 얼굴이 하얗게 뜰 정도로 고생을 한다는데, 나는 너무 잘 먹는 바람에 점점 뽀얗고 뚱뚱해졌다. 앉은자리에서 만두 여덟 개를 뚝딱 먹어치울 정도였다. 실컷 먹고는 게으름을 피우며 공부는 적당히 했다.

어느 날 저녁, 샤워를 하다가 거울을 보고는 푸하하 웃음을 터뜨렸다. 배가 나날이 불러오면서 몸매가 괴상해지고 있었다. 표준이었던 내가 이렇게 우습게 변할 줄이야!

새로운 생명 하나가 내 몸과 생활을 완전히 바꿔놓은 것이다. 임신이란 정말 신기하구나. 고개를 숙이고 보니 두루뭉술한 곡선 아래 또 하나의 곡선이 이어졌다. 몸 전체가 크고 작은 공들의 조합 같았다. 그때 갑자기 아기가 안에서 배를 힘껏 걷어찼다.

"어머!"

순간적으로 온몸에 따뜻한 기운과 나른한 느낌이 퍼졌다.

'아, 나는 임신한 여자다. 나는 엄마다!'

살면서 그렇게 허둥대며 어찌할 바를 몰랐던 적이 없었다. 아이와 교감이 이루어지는 매 순간이 놀랍고, 새롭고, 미치도록 행복했다.

아기는 태어나지도 않았으면서 나에게 어머니란 무엇인지 알려주었다. 여자로 살아간다는 것이 어떤 의미인지, 또한 생명을 잉태한다는 것이 삶을 어떻게 변화시키는지 알게 해주었다.

비가 내리던 어느 날, 나는 우산을 들고 교내의 호숫가에 30분가량 조용히 앉아 있었다. 앞으로는 혼자만의 시간을 갖기가 어려워질 거라는 생각에서였다.

'더 힘들어지겠지. 수업 준비며 프로젝트에 아기까지 보아야 한다면…… 그래도 내가 더 많이 노력하는 게 아이를 위한 것이기도 하니까. 지금까지보다 훨씬 치열하게 살아야 할 거야.'

3악장의 인생 중에서 겨우 1악장이 끝났을 뿐이었다. 2악장은, 격렬하고 요란했던 1악장보다 우아하고 편안하게 맞이하고 싶었다. 내 삶의 지휘자는 나여야 하니까, 누가 뭐라고 해도 나는 나만의 음악을 지휘하고 싶었다. 게다가 인생이라는 교향곡에는 어차피 정해진 악보도 없는 것 아닌가.

나는 앞으로 다가올 변화에 당당하게 맞서고 싶었다. 그때까지 당차게 살았으니까 더욱 강인한 여 전사이자, 한 아이의 엄마로서 1인 2역을 충분히 할 수 있다고 스스로를 격려했다. 그렇게 마음속에서 조금씩 자라나는 불안 또는 두려움의 감정을 애써 무시하려 했다.

하지만 그때, 나는 알았어야 했다. 불안과 두려움을 받아들이지 않고는 어른이 될 수 없다는 것을.

인생은 본질적으로 알 수 없는 것이기 때문에 불안이나 두려움은 영원히 극복할 수 없는 것이었다.

> "정말 어른이 된 사람들은 자신의 그런 감정을 창피하게
> 생각하기보다는, 있는 그대로 인정하고 두려움이
> 현실화되지 않도록 세심하게 신경을 쓴다."

바로 그런 점에서 어른이 못 된 이들과 다르다는 것을 요즘 들어서야 알게 되었다.

돌이켜보면, 나는 엄마가 되어서도, 어른은 되지 못했던 것이다.

위해주는 마음이
차이를 만든다는 것

　J박사가 내 진료 기록을 한참 보다가 "아무래도 바늘 생검을 다시 해봐야겠습니다"라고 말했다. 끔찍했다. 생각만으로도 몸서리가 쳐졌다. 그 잔인무도한 검사를 다시 받으라니.

　옆에 있던 엄마가 반대를 했다.

　"너희 시어머니가 보고 기절을 하셨다는 그거 아니니? 아이고! 선생님 그건 좀 하지 말아주세요."

　나는 그래도 고개를 끄덕였다.

　"받겠어요."

　엄마가 또 반대를 하며 병원에 대한 불만을 토로했다.

　"그런 검사를 자꾸 하니까, 가뜩이나 아픈 사람이 더 아픈 것 아니겠어요? 멀쩡한 사람도 그런 끔찍한 검사를 받으면 환자가 될 것 같은데, 이 병원은 약이나 잘 주지, 왜 그런 검사를 자꾸 받으라고 그러는지……."

"엄마, 그만 해. 내 병을 낫게 하려고 받는 검사잖아. 박사님, 검사 받을게요."

엄마는 분명 나를 생각하는 마음에 J박사에게 호소를 한 것이다. 그런데 내가 엄마의 그런 심정은 헤아리지 않고 반대편에 서자 기분이 상한 것 같았다.

엄마와 나 사이에 오랜 침묵이 흘렀다. 전에 다툰 후로는, 엄마에게 정체를 알 수 없는 거리감을 느끼곤 했다. 겉으로는 내색하지 않았지만 데면데면하고 어색한 느낌 때문에 옛날처럼 자연스럽게 말을 꺼낼 수 없었다. 그러다 보니까 함께 있어도 대화를 많이는 하지 않게 됐다.

길고 굵은 바늘로 몸을 마구 찌르는 그 고통은, 겪어보지 않은 사람이라면 상상도 할 수 없을 것이다. 더구나 이번에 발견한 그 종양은 애매한 위치에 있는 데다 크기도 매우 작아서 바늘을 정확하게 찔러 조직을 채취하기가 극히 어렵다고 했다. 얼마 전에 그걸 내게 했던 의사는 수차례의 시도에도 불구하고 번번이 실패하자 당황해 얼굴이 벌겋게 변했다. 그 결과 내 가슴과 겨드랑이 사이가 구멍탄처럼 변했고, 의사는 '다른 방법을 시도하는 게 낫겠다'며 슬그머니 도망쳐버렸다.

그 생검을 다시 받으라는 것이다. 이번에는 다른 의사라는 게 그나마 다행이었다.

하지만 검사를 담당할 의사가 병실에 들어서는 순간 숨이 막힐 뻔했다. 그는 키가 엄청 크고 얼굴이 우락부락하게 생긴 데다 눈빛이 형형했다. TV 드라마에 등장하는 전형적인 연쇄살인범 스타일이라고나 할까. 게다가 목소리는 굵고 탁해서 듣는 사람으로 하여금 저절로 겁을 먹게 했다. 나는 그 의사가 정말 무서웠다.

살인범 같이 생긴 의사가 몇 가지 체크를 한 뒤 병실을 나가자, 친하게 지내는 간호사가 들어와서 반색을 했다.

"어머! 백정 선생님이 검사를 맡으셨나 봐요? 운이 좋네요."

'백정 선생'이라고? 그건 사람 잡는다는 말 아닌가? 그런데 왜 운이 좋다는 거지?

얼마 뒤, 그 별명의 뜻을 이해할 수 있었다. 백정이란 별명도 참 적절했다.

백정 선생은 끔찍한 기구를 간호사로부터 받아들자마자 두 번 만에 조직을 채취하는 데 성공했다. 이를 악물고 있는데 "다 된 것 같으니까 안심하세요" 하는 굵은 목소리가 들렸다.

그는 도살 기술자들이 가축에게 고통을 주지 않기 위해 단번에 숨을 끊는 것처럼, 바늘 생검을 숙련된 솜씨로 해냄으로써 나를 끔찍한 공포로부터 눈 깜짝할 사이에 해방시켜주었다.

　수술실은 다른 사람들 기준으로는 서늘했고, 추위에 약한 내 기준으로는 매우 추웠다. 백정 선생은 그걸 눈치 챘는지 두터운 이불을 덮어주고 '잠깐 쉬라며' 수술실 밖으로 나갔다.

　'다 끝났다면서 왜 나를 병실로 안 돌려보내지?'

　이해할 수 없었다.

　긴장이 풀린 데다 갑자기 몸이 따뜻해지자, 기다렸다는 듯 이번에는 졸음이 나를 덮쳤다. 그 와중에 꿈을 꾸었다. 꿈에 '감자'를 출산했을 때의 내 모습이 나왔다. 꿈인 걸 알면서 꾼 꿈이지만 기분이 흐뭇했다.

　그때의 나는 새로운 삶에 적응하느라 정신이 없었다. 시도 때도 없이 울어대는 소리에 벌떡 일어나 기저귀를 갈고 젖을 먹였다. 뭘 하다가도 '응애응애' 하고 호출 사이렌이 울리면 죄다 팽개치고 초스피드로 뛰어가야 했다.

　먹고, 자고, 싸는 것이 전부인 아기가 나의 하루를 몽땅 가져가버렸다. 아기가 잠깐씩 자는 시간에야 비로소 자투리 여유를 누릴 수 있었다. 그 틈을 타서 집안일을 하고 책을 조금씩 읽으며 다시 시작할 강의를 준비했다.

　물론 햇살 아래 가만히 누워 잠에 빠진 아기를 보고 있으면, 세상에서 가장 아름답고, 가장 행복한 기분이 들었다.

아기라는 존재는 귀여웠지만 보살피기는 어려웠다. 흐트러진 모습으로 정신없이 바쁘게 아이를 돌보다 문득 고개를 들어 창밖을 보면 이미 노을이 지고 가로등이 켜지기 시작했다. 그런 식으로 또 하루가 지나갔다.

'이렇게 시간이 조용히 흘러 눈 깜짝할 사이에 청춘도 다 지나가버리고, 검은 머리가 하얗게 변하고 붉은 뺨도 쪼그라들겠지.'

뭔가에 화들짝 놀라 눈을 떴다.

아기를 품에 안고 작은 손을 만지작거리던 감촉이 내 손에 그대로 남아 있는 것 같았다. 엄마가 되어 얼마나 행복했던가. 사랑을 준다는 것이 그처럼 행복하다는 것을 가르치기 위해 하늘은 잉태라는 프로그램을 만들어 여자들을 훈련시키는 것 같았다.

나는 늘 자신의 삶을 계획하고 통제하며 살아온 쪽이었다. 가능한 한 능력이 닿는 범위라면 내 의지로 모든 것을 컨트롤할 수 있어야 한다고 믿어왔다. 때로는 그 한계를 넘는 것일지라도 도전해볼 가치가 있다고 판단할 때에는 무모할 정도로 달려들기도 했다. 그렇게 얻은 성과가 유학과 박사 학위, 그리고 대학 강단이었다.

그런데 아이를 낳은 이후로, 문득 나의 삶이 전혀 상상하지 못한 쪽으로 흘러가고 있음을 인식하게 되었다. 나의 일부분처럼 여겨졌던 아이가 내 몸에서 분리되어 나온 이후 많은 것이 바뀌기 시작했고, 나는 혼란에 빠져들기 시작했다. 아이를 낳은 것은 물론 행복했다. 그러나 지금의 내가, 이전의 내가 아님을 자각할 때면 끔찍하다는 생각이 자꾸 들었다.

그럼에도 모든 것을 철저하게 계획하고 원하는 대로 이룰 수 있다는 신념을 포기하지 않았다. 지금 생각하면, 그건 오만일 뿐이었다. 아무리 치밀한 계획이라도 사람의 감정이나 느낌, 관계 같은 건 계획대로 이뤄지지 않기 때문이다. 그런 것을 어떻게 컨트롤할 수 있겠는가.

역시 인간의 계획은 하늘의 계획을 흉내 낼 수 없는 것이다. 나에게는 그때 이런 지혜가 없었다. 그래서 결국, 사랑하는 나의 아이에게 '좋은 엄마'가 되어주지 못했다. 그 죄책감을 가슴에 안은 채 성공을 위해 오로지 달려야만 했다.

홀쩍이며 울고 있는데 백정 선생이 수술실로 들어왔다.

"정말 끝났습니다. 걱정 안 하셔도 돼요."

나는 소매로 눈물을 훔치며 대답했다.

"아니에요. 걱정해서 그런 게 아니에요."

백정 선생이 미안하다는 어투로 말했다.

"아까는 채취에 성공했다고 99퍼센트 확신하긴 했지만, 만의 하나 잘못되었을 수도 있어서 '잠깐 쉬라'고 말씀드린 겁니다. 지금 확인하고 돌아왔는데, 잘 끝났으니까 이제 병실로 돌아가서 편히 쉬셔도 됩니다."

그는 암 환자들이 수술대에 오르는 것을 얼마나 두려워하며, 특히 이런 검사를 어느 정도로 고통스러워하는지 입장을 바꿔서 생각할 줄 아는 사람이었다. '환자야 아프든 말든 일단 찌르고 보자'는 식의 다른 의사들과 판이하게 달랐다.

나는 험악한 외모에 성자의 마음을 가진 백정 선생을 한참 동안 바라보았다. 나는 왜 전공 분야 공부는 열심히 했으면서도 저런 마음의 실력은 닦지 못했던 것일까. 조금만 더 마음에 신경을 썼더라면 숱한 번민과 갈등, 시행착오를 줄일 수 있었을 텐데. 약간은 덜 나쁜 엄마가 될 수도 있었을 텐데.

어느 분야나 예외는 있을 수 없다. 실력의 끝마무리는 언제나 마음으로 하는 것이다. 누군가를 향해 진정으로 열린 마음이 없는 한, 그저 '실력자' 수준에 머무를 뿐이다.

> **"'최고'는 마음에서 다르다.
> 언제나 혼을 불어넣는 건,
> 상대를 위해주는 마음이니까.
> 결정적인 차이는
> 그 지점에서 벌어지는 것이다."**

후회와 자책, 죄책감으로 인해 자꾸만 눈물이 났다.

험악하게 생긴 백정 선생은 여전히 자기 실수 때문에 내가 우는 거라고 착각한 모양이었다. 그는 어쩔 줄 몰라 머리를 긁적이며 사과했다.

"죄, 죄송합니다. 한 번에 성공하고 싶었지만, 암 조직 크기가 너무 작은 데다가……."

때로는 고개를 쳐들고
맞서야만 한다는 것

노르웨이 유학 생활 초기에는 '한 끼를 어떻게 해결할 것인가?'가 세상에서 가장 중요한 문제였다. 검은 빵은 도저히 적응이 되지 않았고 피자도 금방 물렸다.

그러면 스테이크나 연어, 커다란 새우? 좋긴 하지만 가난한 유학생에게는 꿈도 못 꿀 일이었다.

풍요로운 나라의 할인 마트에 서서 넘치도록 다양한 식재료들을 보며 웃을 수도, 울 수도 없었다. 텅 빈 바구니를 든 채 산처럼 높이 쌓인 식품들 사이를 아무리 왔다 갔다 한들, 가격도 싸고 입맛에도 맞는 물건을 골라낼 수가 없었다. 식품 매장의 4분의 1을 차지하는 음식이 죄다 빵에 바르거나 빵 사이에 넣어 먹는 것이었다. 과일 잼, 고기 슬라이스, 생선 소스, 새우 소스, 그리고 수많은 치즈들.

빵, 빵, 빵, 그놈의 빵!

하지만 빵을 포기하면 무엇을 주식으로 삼는단 말인가?

노르웨이에서 적응한 동양인은 크게 두 종류로 나뉜다. 첫 번째는 일찌감치 동양식을 포기하고 빵과 잼을 받아들이는 쪽이다. 두 번째는 입장을 굽히지 않고 식성을 고수하다 결국 포기하고 빵만을 받아들여 자기 나라에서 가져온 소스를 발라 먹는 쪽이다. 어느 정도 버틸 수 있는지에 차이가 있을 뿐이었다. 먹고 살려면 결국에는 타협을 하게 된다. 나도 '내 손으로 음식 만들기'를 포기하고 검은 빵과 샐러드를 택했다.

혼자 사는 사람은 '한 끼의 음식'을 소홀히 여기게 될 가능성이 높다. 나의 경우, 음식을 만들지 않았던 가장 큰 이유는 밥을 하기가 싫어서라기보다 혼자 만들어서 혼자 먹는 그 자체를 피하고 싶었기 때문이다. 밥을 만들어 먹는 것이 그저 어쩔 수 없는 것이 되어버린다면 한 끼라는 즐거움은 사라지고, 어느새 고역이 될 수밖에 없다는 게 그 당시 나의 생각이었다.

게다가 제대로 요리를 해 먹으려면 시간도 꽤 많이 잡아먹었다. 그 시간에 차라리 책을 몇 줄 더 보는 게 이익이었다.

그러나 그 모든 건 핑계에 지나지 않았다. 아무렇게나 한 끼 식사를 뚝딱 해치우던 어느 날, 스스로에게 잘해주지 못하고 있다는 느낌이 들었다. 한참 생각을 해본 후에야 내가 노르웨이 요리를 그동안 받아들이지 못했던 이유를 깨달았다. 그건 단순한 식성 문제만이 아니었다. 마음의 문제였다. 시도조차 몇 번 해보지 않은 채 '노르웨이 방식이 중국인인 나한테 맞겠어' 하며 마음을 닫은 것이다.

암에 걸려 화학요법 치료를 받아본 사람이라면 기억하기도 싫을 것이다. 그 끔찍한 경험이 꿈에라도 다시 등장할까봐 잠들기 전에 기도를 한다는 사람도 있다.

모르는 사람들은 이렇게 말한다.

"그거? 머리카락 빠지는 거 아니야? 손가락 까맣게 되고, 깡마르고…… 에고! 생각만 해도 무섭네."

그것도 맞는 말이다. 정말 무섭다. 나도 화학요법을 시작하기 전에는 공포에 사로잡혀 며칠간 잠을 이루지 못했다. 하지만 그것도 다 지나갔다. 고생은 했지만 지금까지 죽지 않고 살아 있으니 그걸로 충분한 것이다.

화학요법에 사용하는 약물은 종류도 많고 조합 방법도 다양하다. 사람마다 체질이 다르듯 화학요법 이후의 반응도 천차만별이다. 어떤 아줌마는 화학요법을 받으면 날마다 스무 번 이상 토하고 침대에서 일어나지도 못했다. 반면 방금 화학요법을 받고 와서도 힘들어 하기는커녕 마작을 하는 여자도 있었다.

나의 경우는 토하느라 정신없었다. 온몸의 뼈로 암세포가 전이된 나는 침대에 엎드려 오물통을 받쳐놓고 토해야 했는데, 그때마다 뼈마디가 찌르는 것처럼 아파서 토하다가 비명을 지르다가를 반복했다.

암 환자의 상당수는 이렇게 구토를 하다가 먹는 것을 거부하고, 마침내는 영양실조로 무릎을 꿇고 만다.

역시, 언제나 먹는 게 문제였다. 건강할 때나 암에 걸렸을 때나.

따지고 보면, 인생의 진리는 매일 먹는 한 끼의 식사에 숨어 있는 것 같다. 마음을 열면 피자도 맛있고 중국식 두부도 맛이 있다. 노르웨이의 검은 빵도 자꾸 먹다 보면 맛이 있다.

마음을 가라앉히고 먹는 것에 대한 나의 생각을 조정해보았다. 구토가 나온다고 해서 음식을 거부하는 건 암에게 항복을 선언하는 것이나 다를 바 없다. 반대로 억지로 먹는다면 가뜩이나 약해진 비위 때문에 구토를 참아내기 힘들 것이다.

노르웨이에서의 기억을 살려냈다. 지겨워진 빵을 먹으면서도 얼굴을 찌푸리지 않으려 노력했고, 장을 봐와서 끼니마다 한두 가지 중국 요리를 직접 만들어 먹었다. 적응이 되니 그게 귀찮지 않았다. 중국식과 서양식을 조합해 상 위에 올린 결과, 한 끼 식사가 훨씬 맛깔나고 풍성해졌다.

'나를 위한 한 끼의 만찬', 그것은 곧 나 자신에게 잘 대해주는 일이었다. 나를 위한 만찬에는 두 가지 의미가 있었다. 첫째, '먹는 것'이 삶의 출발점이라는 겸허한 수용과 둘째, '먹는 것'을 즐거움으로 삼는다는 것이다.

병원에서의 만찬은 맥도널드가 떠먹여줘야 했기에, 그와 함께할 수밖에 없었다.

"방울토마토는 이렇게 샐러드에 그냥 넣는 것보다, 살짝 익혀 먹는 것이 훨씬 맛있는데. 음…… 이 닭 요리는 소스에 충분히 재워놓지 않은 것 같아. 맛이 조금 덜 배어들었어."

오물오물 천천히 씹으면서 남편과 대화를 나누었다. 힘들 때에도 노르웨이에서의 만찬과 그 즐거움을 떠올리며 어떻게든 한 스푼이라도 더 먹으려고 했다.

맥도널드도 응원해주었다.

"여기 책에 이런 말이 있네. 마크 트웨인이 그랬다더군. '인생에서 성공하는 비결은 좋아하는 음식을 먹고 힘껏 싸우는 것'이라고. 지금 당신한테 딱 어울리는 말 같아."

그렇게 화학요법과 함께 암에 맞서 싸워나가는 동안, 지치고 힘든 와중에도 점차 마음이 가볍고 단단해지는 것을 느꼈다. 금전 같은 것으로 환산할 수 없는, 인생이 주는 대단한 보너스라도 얻은 느낌이었다. 만일 내가 노르웨이 유학 시절에 혹독한 육체노동을 경험해보지 않았다면 그만큼 패기 있게 버텨내지는 못했을 거란 생각도 들었다.

세상에는 직접 부딪쳐보기 전에는 암연처럼 우리를 두렵게 하는 것들이 적지 않다. 어떤 사람에게는 번지점프나 암벽등반이 그럴 것이고, 또 다른 사람에게는 직장의 해고 통지서가 그럴 것이다. 처음 영업에 투입되는 판매직 사원의 심정도 약간은 비슷할 게다.

암 치료도 그런 일들과 크게 다를 것이 없다. 덜컥 겁부터 나고 포기하고만 싶지만, 고개를 꼿꼿하게 들고 맞서다 보면 생각지도 못했던 힘과 용기를 발휘할 수도 있다. 나 또한 그랬다.

나는 화학요법을 받으며 병동의 누구 못지않게 고생했지만, 그 과정에서 또 하나의 진실을 알게 되었다.

“불안과 두려움을 근본적으로 해소할 수는 없지만,
때로는 머리를 똑바로 쳐들고 당당히 맞서면
생각했던 만큼 위협적이지는 않다는 것을 말이다.”

화학치료의 부작용 속에서 그렇게 나는 또 한 번 성장했다.

남들보다
즐거워할 자격이 있다는 것

나의 인생은 이륙 준비를 모두 마친 우주선이 카운트다운 직전에 폭발하듯 무너져버렸다. 해외 유학은 물론 힘겨운 박사 학위까지 마치고 본격적으로 일을 시작한 지 1년, 신청한 프로젝트가 모두 통과되어 날개를 활짝 펼치려는 순간 나락으로 떨어지고 만 것이다.

부모님으로선, 외동딸이 우뚝 섰으니 이제야 모든 걱정을 내려놓고 여생을 즐겁게 보내나 싶을 시점에, 별안간 자식을 앞세워 보내야 할 위기에 처하게 됐다.

하루하루가 마치 어둠 속 500미터 상공에 가로놓인 외줄을 타는 듯했다. 한 발만 잘못 내디뎌도 낭떠러지로 떨어져 흔적도 남지 않을 것만 같았다. 더 이상 내게는 기회가 없을 것이란 절망이 하루에도 몇 번씩이나 나를 압박했다. 절망에 빠져 허우적거리다 익사라도 할 듯이 숨이 막혔다.

생과 사를 넘나드는 운명의 파도에 온몸을 내맡긴 채 지금까지 견뎌왔다. 남편을 비롯한 가족들을 미리부터 슬프게 하고 싶지 않아서 내 감정의 빗장을 걸어 잠갔다. 좋은 모습만 보여주려고 노력했다. 어떤 상황에서도 농담과 익살을 잊지 않으려고 기민하게 반응했다.

하지만 나는 마지막이 슬며시 다가오고 있다는 것을 잘 알고 있다. 남편이 본인의 의지와 관계없이 이따금 드러내는 안타까운 눈. 내가 어찌 그 눈에 담긴 슬픔을 읽어내지 못하겠는가.

그렇다. 의식을 하건 안 하건, 누구나 인생의 마지막 순간이 다가오면 어쩔 수 없이 자신의 영혼과 마주해야 한다.

대학에서 철학을 가르치고 있는 친구에게 전화가 와서 한참 동안 수다를 떨었다. 친구는 나를 위로해주려고 했지만, 나중엔 자기가 오히려 위안을 받았다고 털어놓았다. 전화를 끊기 전에 친구가 남긴 마지막 말이 뇌리에 느낌 그대로 남아 있다.

"나는 철학을 가르치지만, 너는 이미 철학적인 순간으로 일상을 가득 채운 채 살고 있구나. 지안, 네가 내 친구라는 게 자랑스러워."

예전의 나는 지식은 있지만 교양은 부족한 세속적인 도시 여자였다. 철학 같은 건 교양 수업 때 주워들은 내용이 전부였다. 특히 삶이나 죽음 같은 주제를 놓고 진지하게 고민해본 적이 없었다. 삶의 의미 같은 것도 찾아보려고 노력해보지 않았다. 그때그때 기분에 따라 흐르는 대로 사는 게 나의 모토였다.

하지만 병원에 입원한 뒤로 살기 위해 몸부림치며 과거와 현재를 끌어내 여러 가지 생각을 하다 보니까, 내 인생의 의미를 되짚어보는 철학자가 다 된 모양이었다.

죽음이 두렵지 않은 것은 아니다. 고비를 몇 차례나 넘기며 죽음의 문턱까지 다녀왔지만 여전히 두렵기만 하다. 죽음이 두렵다는 것은 이 세상에 미련이 많다는 의미인 것 같다. 그러니까 지금 나의 상태는 삶에 대한 미련과 죽음의 공포 사이에서 외줄 타기를 하는 듯한 모양새이다.

예전에는 없던 관점 같은 것이 생겨났다. 뭐랄까, 삶과 죽음을 동시에 관조할 수 있는 '제3의 관점'이라고 할까. 암이 인간에게 미치는 긍정적 요소가 있다면, 바로 이런 부분이 아닐까 싶다. 말기 암 환자로 살아가는 사람만 깨닫는 삶의 진실이 있는 것이다.

예전의 나는 친구를 무작정 좋아하는 편이었다. 쉽게 만날 수 있고 말만 통하면 그게 곧 인연이고 친구라고 생각했다. 그래서 언제나 수많은 친구들 사이에 묻혀 있었다.

그러나 그때는 그 많은 사람들 중에서 진정한 내 친구가 누구인지 알지 못했다. 이용을 당하고도 '친구니까' 용서해준 적도 있고, 그 후에 다시 사기를 당하기도 했다. 모두가 비난할 때에도 편을 들어주어야 친구라고 생각했다.

그러다 덜컥 암이 찾아와 나의 모든 것을 쓰나미처럼 휩쓸어갔다. 그런데 묘하게도 한바탕 쓸어간 것은 모두 진흙뿐이었다. 그리고 남은 건 반짝반짝하는 금가루들.

이제 가만히 누워서도 누가 친구인지 알 수 있게 되었다. 다행이다. 마지막을 향해 가고 있지만 그래도 진짜 친구들이 내 곁에 있다는 것을 알게 되었으니. 외롭지 않아서 좋다. '많은 것을 가졌던' 시절에는 알 수 없었던 진실이다.

말기 암의 특징 가운데 하나는, 얼굴에서 삶의 긴장이 풀린다는 점이다. 물론 당사자의 마음은 삶과 죽음 사이에서 늘 노심초사할 수밖에 없겠지만, 적어도 겉모습은 묘하게도 참선하는 도인처럼 초연해 보인다. '귓가에 천둥이 쳐도 얼굴은 평안한 호수 같은' 표정을 늘 부러워했는데, 이제 나도 그렇게 되어가고 있다. 이것 역시 암이 가져다준 선물의 하나다.

암은 내 인생의 분수령이었다. 건강한 사람의 눈에는 내 인생이 이미 끝나 무의미한 것처럼 보일 수도 있지만, 나는 아직 진행 중인 내 인생을 관조하듯 바라보며, 작은 일에서조차 의미를 찾는 평온한 하루하루를 보내고 있다.

통증을 제외하면, 숨 쉴 수 있는 이 순간이 즐겁고 고맙다. 언제 죽음의 방문을 받을지 모르는 상황에서 이렇게 즐거워할 수 있다는 사실이 이상하기만 하다. 이제는 내가 불운하다는 생각을 하지 않는다.

그저 지금 이 순간에 충실하기 위해 마음을 다하고 있다. 내 인생에는 그저 '살아 있음'이라는 목표만 남았다. 이렇게 명확하고 단순한 목표가 또 어디 있을까?

예전에 나를 움직였던 동력들은 모두 성공과 집착에 따른 것들이었다. 병이 아니었다면 여전히 그런 가치들을 좇아 부산하게 움직였을 것이다. 하지만 고맙게도(!) 암으로 인해 그런 모든 것을 내려놓게 되었다.

그러자 모든 것이 단순해졌다. 그리고 너무도 쉽게 삶이 즐거워졌다. 나는 내 몫의 하루하루를 그저 열심히 살면 그만이다.

돈? 명예? 권력? 그런 것들은 다 갖기도 어렵고, 설령 모두 가졌다 해도 죽을 때 가져갈 수 있는 것도 아니다. 수의에는 주머니가 없다고 하지 않았던가?

> "나는 그동안 불투명한 미래의 행복을 위해
> 수많은 '오늘'을 희생하며 살았다. 저당 잡혔던
> 그 무수한 '오늘'들은 영원히 돌이킬 수 없다."

이제 나는 오늘 하루에 모든 것을 바친다. 주어진 하루를 온전히 살아내는 것이 얼마나 소중한 일인지 이제 알 것 같다.

　나는 남들보다 더 즐거워할 자격이 충분히 있다. 살아갈 날들이 많지 않을 테니까.

착한 사람이
가장 강하다는 것

Y가 생각난다.

대학 동창이지만 성격이 정반대였고 늘 붙어 다닌 것도 아니었다. 그렇다고 친하지 않은 것은 아니었다. 오히려 상당히 친한 편에 속했다.

나는 활발한 것을 좋아해 늘 친구들과 어울려 돌아다녔지만, 조용하고 신중한 성격의 Y는 혼자 지내는 시간이 많았다. 나는 언쟁을 좋아했고, 무리 속에 있어도 튀는 걸 즐기는 반면, 그녀는 있는 듯 없는 듯 조용히 있고 싶어 했다.

나는 다소 위험하더라도 풍랑이 거센 곳을 찾아다녔고, 그녀는 투명하고 얕아 바닥이 잘 보이는 곳을 좋아했다. 내가 독선에 가까울 만큼 과감하고 결연한 데 비해, 그녀는 항상 조심스럽고 신중해서 나를 답답하게 했다.

내가 남학생들과 어울려 내기 농구를 할 때면 그녀는 혼자 벤치에 앉아 흔한 대중소설 따위를 읽곤 했다. 대부분은 읽어도 그만, 안 읽어도 그만인 책이었다. 그녀는 내가 아는 사람 가운데 가장 평범한 여자였다. 나는 한 번도 그녀가 뛰어나다고 생각한 적이 없다. 약간은 그녀를 얕잡아본 것도 사실이었다.

도대체 무엇이 Y와 나를 '절친'으로 만들었는지는 모르겠다. 다만 한 가지, 확실한 게 있다면 그녀가 무척 착하고 긍정적이라는 점이었다.

하지만 그게 다 무슨 소용인가? 아무리 좋은 점을 갖고 있더라도 그것이 제대로 활용되지 못한다면 경제학적 효용은 제로, 아니 실제로는 마이너스가 아닌가. 세상과 격리된 것 같은 대학 4년을 보냈지만 Y는 '즐거웠다'고 말했다. 단 한 번도 남학생이 쫓아오거나 데이트 신청을 받은 적도 없는데.

나는 Y에게 여러 번 소개팅을 주선했지만 결과는 좋지 않았다. 남자들에게 그녀에 대한 느낌을 말해달라고 하면 대부분 "성격은 좋은 것 같은데……" 하며 말꼬리를 흐렸다.

대학을 졸업하고 Y는 외국계 기업에 취직해 이른바 화이트컬러가 되었다. 하지만 드라마나 영화에 나오는 그런 생활은 아니었다. 외국계 기업치고는 보수가 박한 곳이라서 한 달 내내 힘들게 일해도 집

세며 전화비, 수도 요금, 전기 요금에 교통비까지 내고 나면 남는 돈이 거의 없었다.

하지만 Y는 그런 와중에도 결혼 자금으로 쓰겠다며 열심히 저축을 했다. 그 무렵 회사에 잠깐 다녔던 나는 사람들과 어울리느라 한 푼도 모으지 않았는데.

우리 둘 다, 자기 일에 스트레스를 받았지만 해소법은 많이 달랐다. Y는 라면을 먹으며 수다를 떠는 것으로 충분했던 반면, 나는 냅다 사표를 던지고 다른 회사로 옮기는 스타일이었다. 나는 그러다 마침내 대학원에 진학하겠다고 선언, 공부를 다시 시작했다. 물론 스타벅스에서 책을 펴고 앉아 잘생긴 남자들을 힐끔거릴 때도 많았다. 그러다가 맥도널드와 다툰 게 한두 번이 아니었다.

하지만 Y는 특히 남자가 생기지 않아서 스트레스를 받았다. 직장 생활은 대학 때처럼 여유롭지 않았고, 바쁜 일상에 쫓긴 Y로선 인간관계의 폭이 손바닥만큼 좁아서 탈출구를 도무지 찾아낼 수 없는 모양이었다.

그녀도 답답했는지 내가 맥도널드와 통화하는 것을 볼 때면 땅이 꺼져라 긴 한숨을 쏟아내곤 했다. 그 당시의 Y를 한마디로 비유하자면, 그야말로 상하이라는 대도시에서 집 안에 들어앉아 시집가기만을 기다리는, 그러나 그 누구도 찾아주지 않는 젊은 여자였다.

그렇다고 해서 Y가 아무런 노력을 기울이지 않은 것은 아니었다. 직장 생활과 저축 이외에 그녀는 대부분의 시간을 미술관에서 그림을 보며 지냈다. 그림을 감상하면 좋은 시간을 보낼 수 있고 자주 가다 보면 멋진 남자라도 혹시 만날 수 있을지 모른다는 이유에서였다. 나는 꿈같은 소리라고 생각했다. 아는 사람의 소개도 아니고, 이른바 운명적인 만남을 기대하는 그녀의 발상이 허황되다 못해 용감해 보였다. 운명적인 그가 뭘 하는 사람인지 어떻게 알겠는가.

하지만 어려서부터 동화나 로맨스 소설을 좋아했던 Y는 언젠가는 백마 탄 기사처럼 이상적인 남자를 만날 수 있을 거라 믿은 모양이었다.

그런데 놀라운 일이 일어났다. 그녀가 로맨스 소설의 주인공처럼 멋진 남자를 만난 것이다. 풍경화 전시회에서 우연히 말을 걸어온 엔지니어였는데, 실제로 만나보니까 외모도 성격도 마음에 들어 자기가 '먼저' 사귀자고 했단다. 그때 나는 잠깐 일본에 체류하면서 환경 문제에 골몰해 있었다.

이메일에서 Y는 이렇게 전했다.

'나, 지금 무지 행복한 거 있지. 그 사람한테 프러포즈 받았어. 곧 결혼해. 놀랐지?'

정말로 깜짝 놀랐다. 사람 일은 알다가도 모를 일이었다.

귀국하자마자 곧바로 그 남자를 만나보기로 했다. 어떤 남자인지, 착하고 순진한 Y가 혹시 사기라도 당한 것은 아닌지 궁금했다.

봄 햇살이 따사로운 대학 캠퍼스에서 두 사람을 만났다. 나는 그 남자를 보는 순간 감탄이 나오려는 것을 간신히 참아야 했다.

'세상에나 Y, 너 도대체 무슨 요술을 부린 거니?'

엔지니어인 그 남자는 누가 봐도 '훈남'이었다. 과묵하고 진중한 성격에 말과 행동도 반듯했으며 키도 크고 얼굴도 잘생겼다. 더구나 그 무렵 친구들과 벤처기업을 창업했는데, 외국의 투자회사가 수백만 달러를 좋은 조건에 투자했다고 했다.

남자는 'Y의 어디가 좋은 거냐'는 나의 질문에 "사람을 편하게 해주잖아요"라고 대답했다.

여자들이 흔히 말하는 모든 이상형의 항목을 한데 모아서 만들어 낸 것 같은 멋진 남자였다. 백마 탄 왕자를 만날 거라더니 정말로 만났구나.

나는 활짝 웃으며 Y의 옆구리를 쿡 찔렀다.

"흠잡을 데가 없네. 맥도널드랑 안 바꿀래? 돈은 없지만 곧 교수 자리는 얻을 것 같은데."

Y가 결혼을 한 뒤로는 한참 동안 만나지 못했다. 나는 대학원에 적을 둔 채 여전히 자유를 누리며 인생의 비현실적인 문제에 열정을

쏟고 있었다. 그 시절의 나는 푸단대학이라는 포근한 진흙 속에서 미꾸라지처럼 꼬물꼬물 즐기며 웬만해선 빠져나오려고 하지 않았다.

맥도널드와 자질구레한 일로 티격태격하던 어느 날, Y에게서 전화가 걸려왔다.

"나 조금 있으면 엄마가 돼. 엄마 다음으로 너한테 알려주는 거야."

그 뒤 몇 개월 동안 나는 대학원 프로젝트 때문에 상하이와 지방을 오가며 정신없이 바쁜 나날을 보냈다. 그러는 동안 Y는 배 속의 작은 생명과 함께 평화로운 삶을 이어가고 있었다. 출산을 앞둔 Y로부터 자주 연락이 왔지만 찾아갈 짬을 내지 못해 미안한 마음이 들기도 했다.

Y는 전화를 걸 때마다 "요즘은 어때?" 하고 물었다. 그때마다 '바빠, 바빠, 바빠'를 연발했지만 솔직히 내가 무엇 때문에 바쁜지도 몰랐다. 그런 나에 비해 생활의 속도만 놓고 본다면 Y는 그야말로 여유를 만끽하면서 천천히 삶을 음미하고 있었다.

그리고 내가 노르웨이에 유학간 사이에 Y는 아들을 낳았다. 방학을 맞이해 잠시 귀국한 나는 Y를 찾아갔다. 아이는 작은 천사 같았다. 아주 예쁘고 건강해 보였다. 내가 까꿍하며 우스꽝스러운 표정을 지었더니, 이제 막 나기 시작하는 하얀 이를 살짝 보이며 환하게 웃는 것이었다.

엄마가 된 Y는 여전히 평범했지만, 누구보다 행복해 보였다. 나는 마치 토끼와 거북이의 경주에서 패배한 토끼가 된 기분이었다. 어쩌면 그때 어렴풋이 깨달았는지도 모르겠다.

"인생이란 늘 이를 악물고 바쁘게 뛰어다니는 사람보다는, 좀 늦더라도 착한 마음으로 차분하게 걷는 사람에게 지름길을 열어주는지도 모른다는 것을."

내가 그날 부러웠던 것은 바로 그 부분이었다. 수줍게 행복해하는 그녀를 보며 태어나서 처음으로 열등감과 질투라는 감정을 느꼈다.

Y는 자기다운 행복이 어떤 것인지 오래전부터 알고 있었던 것 같다. 그래서 그렇게 착할 수 있었던 게 아닐까. 착하다는 것. 남을 탓하지 않으며, 누군가를 공연히 미워하지 않으며, 남을 밟고 서기 위해 모진 마음을 먹지 않는 것. 그건 대단한 장점이었다. 그때는 너무 평범해 보여서 패배자의 특성처럼 보였지만.

경제학적 효용을 기준으로 마이너스라고 치부해버렸던 특성이 그토록 대단한 장점이라는 것을, 이제는 알 것도 같다. 행운도 사람을 가려서 찾아간다니까 말이다.

성취의 절반은
책의 덕분이었다는 것

　맥도널드와 한창 사귀던 시절, 서점에서 그를 기다리다가 헤밍웨이의 《킬리만자로의 눈》을 다시 읽은 적이 있다. 막상 그가 도착했을 때에는 "이것만 다 읽고 가자"고 버티다가 다투었던 기억이 난다.

　나는 헤밍웨이를 어릴 때부터 아주 좋아했다. 딱딱 끊어져 명료하면서도 그 사이에 충분히 생각할 시간을 부여하는 듯한 그의 문체가 마음에 들었고, 누구도 예상할 수 없는 행동은 물론이거니와 호방하고 속박받지 않는 개성이 좋았다.

　헤밍웨이를 처음 만난 것은 책장에 꽂힌 《누구를 위하여 종은 울리나》를 통해서였다. 그때 우리 집에는 책이 많았다. 아빠는 호텔에 손님으로 오는 유명 문학가들을 동경했고, 특별 요리를 대접하며 "제 딸에게 어떤 책을 읽히는 게 좋을까요?" 하고 자문을 구했다고 한다. 그런 노력이 헤밍웨이 전집 같은 것으로 이어진 셈이다.

문학가들은 '책을 강요하지 말고, 높은 곳에 꽂아두어 아이의 호기심을 유발하라'고 일종의 팁까지 주었다는데, 나는 그들의 고단수 수법에 낚인 물고기 신세였던 것 같다.

사촌 오빠를 따라 축구며 농구를 하러 다니면서도 집에 있을 때에는 책을 손에서 놓은 적이 없었다. 어떤 것은 초등학생이 이해하기 어려운 내용이었지만, "지안, 네 나이에 이런 책을 보다니, 대단하구나!" 하는 친척들의 칭찬을 듣고 싶어서 읽는 시늉을 하다가 정말로 읽은 적도 있었다.

그 시절의 여름방학이 그립다. 새벽 늦게까지 침대에서 뭉그적거리며 에밀 졸라의 《제르미날》을 읽고 또 읽고는 에티엔과 카트린의 비극적인 사랑을 슬퍼하기도 했다. 나중에 영화로 제작된 것도 보았는데 원작에서의 감동을 제대로 살려내지 못해 아쉬웠다.

3차 화학요법이 끝나 건강이 약간 회복되었을 때, 맥도널드가 소설 몇 권을 사다 주었다.

"병원 구내 서점에서 사왔어. 세계적인 베스트셀러라더군."

그중 하나를 집어 들고 의욕적으로 읽기 시작했지만 어쩐지 맥락을 잡을 수 없었고 곧이어 기분이 울적해졌다. 책 읽기에 완전히 흥미가 없어졌다는 것을 발견했기 때문이다. 왜 그런지 알 수 없었다.

나는 책을 읽는 척하며, 생각하고 또 생각했다. 왜 이렇게 변한 것일까.

결론은 간단했다. 언제부터인가 나도 모르게 독서에 대한 열정을 잃어버린 것이다. 소설 같은 문학작품만을 두고 하는 말이 아니다. 전공 서적을 제외하곤 정말 오랫동안 책을 읽지 않았다. 뿐만 아니라 오랫동안 '다른 생각'이란 것을 하지 않았다. '일 이외의 사색' 같은 것 말이다. 하루하루 내가 무엇을 하는지도 모르는 사이에 시간은 흔적도 없이 지나가버렸다.

핑계는 또 얼마나 많은가. '프로젝트 일정이 너무 촉박하다', '써야 할 보고서가 산더미 같다' 등등 스스로 독서를 하지 않아도 되는 온갖 이유를 갖다 붙였다. '이런 책은 이래서 싫고, 저런 책은 저래서 싫다'는 등 온갖 이유를 대면서 폄하하기만 바빴다. 내가 수준 높은 지식인처럼 보이기를 바라면서.

막다른 골목에 들어섰을 때, 사람들은 자연히 뒤를 돌아보게 된다. '어쩌다 이런 길로 들어왔을까?'

자신에게 주어진 하루 24시간을 오로지 '성공'을 위해 써야 한다고 믿는다면 누구든 한 번쯤은 그런 막다른 골목을 마주하게 될 것이다. 내가 그랬다. 돌이켜보면 한 권의 책에 온전히 하루를 바치는 것보다 가치 있는 일을 찾기도 쉽지 않은데, 한참 동안 그걸 완전히 잊은 채 살았다.

"한 명의 은인이 나의 운명을 바꿔주는 것처럼,
한 권의 책도 나를 더 나은 사람으로
바꿔놓을 수 있다."

차이점이 있다면 은인을 만나는 것이 상당 부분 하늘의 도움인 데 비해, 책은 나 스스로 선택할 수 있는 기회라는 것이 아닐까. 그렇다. 내 성취의 절반 이상은 내가 읽은 다양한 책들 덕분이었다. 왜 그걸 까맣게 잊고 있었을까. 배은망덕하게.

책장을 잠시 덮고 오래전에 자주 들렀던 서점을 상상해보았다. 빽빽한 서고의 어느 한구석에 어쩌면 오랫동안 나와 만나기를 기다려온 책이 먼지를 뒤집어쓰고 있을지 모른다. 만나기로 했던 옛 친구를 비바람 속에 너무 오래 세워둔 기분.

움켜쥔 손을 펴야
선물을 받을 수 있다는 것

"난 항상 자신이 있었고 무엇이든 할 수 있었어요. 그런데 이렇게 될 줄은 생각도 못해봤어요. 기가 막힐 뿐이죠."

새로 입원한 환자는 암 때문에 무력해진 자신을 낯설어했다. 나는 고개를 끄덕이며 그녀의 손을 꼭 잡아주었다.

"이야기해줘서 고마워요."

이렇게 또 한 명의 환자와 긴 이야기를 나누었다.

루이진 병원에 입원한 지 6개월이 지났을 무렵, 서른다섯 명가량의 환자를 만나 일종의 면담을 했다. 물론 입원 초기에는 고통 때문에 엄두도 못 냈지만, 어느 정도 시간이 지나 여유가 생기자 하나둘씩 이야기를 나눌 수 있게 되었다.

사실 나의 '대화'는 어느 정도 목적과 방향이 있는 일종의 '연구'에 가까웠다. 내가 궁금한 것은, '도대체 어떤 사람들이 암에 걸리는가?'

하는 것이었다. 그래서 조사원처럼 전문적이고 주도면밀한 질문 항목을 가지고, 처음 보는 환자가 옆자리로 옮겨올 때마다 이것저것 에둘러 묻곤 했다.

박사 학위를 받기까지 수많은 조사와 통계 작업을 해야 했는데, 배운 게 도둑질이라고 이렇게 병원에서 요긴하게 쓰일 줄은 몰랐다.

그렇게 한 사람, 한 사람씩 만나면서 샘플을 분류하고 표본을 만들어 살펴본 결과, 유방암 환자의 성격에 대한 나만의 이론을 얼추 완성할 수 있게 되었다.

그중에서도 가장 특이한 부분은, 유방암 환자 중에는 우울증을 겪은 사람이 거의 없다는 사실이었다. 적어도 유방암 환자 중에서 내성적이고 소극적인 사람은 매우 드물었다. 반면 명예욕과 승부욕이 강하고, 매사에 통제력을 발휘할 정도로 권력욕이 있으며 성격이 급하고 외향적인 사람이 많았다.

내가 만난 환자들은 대부분 가정환경이나 경제적 배경이 비슷했다. 안정적인 환경에서 일을 하고 있었으며, 집에서나 회사에서나 여왕처럼 떠받들어져 군림하듯 살아왔다는 공통점을 알게 되었을 때 깜짝 놀라고 말았다. 그건 바로 나였다.

연구를 해가는 동안, 자연히 내 성격과 지나온 삶을 돌아보게 되었다. 나는 정말 나를 사랑했다. 내 성격이 좋았고, 내가 살아온 시간도 부끄러운 부분이 없었다.

하지만 지금은 전혀 그렇게 생각하지 않는다. 나는 지나칠 정도로 승부욕이 강한 여자였다. 모든 일에서 으뜸이 되어야 했고, 내가 상황을 주도해야만 직성이 풀렸다. 그러다 보니 매사에 지나치게 신경을 쓰고 스트레스를 받았다. 뒤처지는 삶이 싫어 나를 더욱 채찍질했다. 정말 뭘 몰라도 한참 몰랐다.

3년 안에 노르웨이에서 석사 학위를 받고, 푸단대학에서 박사 학위를 받는 것이 나의 목표였다. 하지만 박사는 석사와 달라서 밤낮을 가리지 않고 매달려도 목표에 도달하기 힘들었다. 그때 나는 화가 나서 까무러칠 것만 같았다. 지금 돌이켜보면 우습다 못해 불쌍하고 한심하다. 박사 학위를 1년 일찍 받든 늦게 받든 도대체 누가 신경이나 쓴단 말인가?

나는 우수한 학자가 되고 싶었다. 학문 연구에 대단한 재능이 있다고 볼 수는 없었지만 이왕 이 길로 들어섰으니 정말 잘하고 싶었다. 그래서 2~3년 안에 부교수가 되겠다고 결심한 뒤 열심히 논문을 발표하고 프로젝트를 수행했다. 그런데 정작 부교수라는 목표를 이룬 이후에는 뭘 해야 할지 막연하기만 했다.

눈 가리고 달리는 경주마처럼 진정한 목표도 모르고 그저 달리기만 했다. 정말 바보나 하는 짓 아닌가. 돈과 명예, 권력과 애정 등을

이 한 몸에 받길 원한 것이었을까? 그런 것은 모두 갖기도 어렵지만, 설령 가졌다 해도 죽을 때 가져갈 수 있는 것은 하나도 없다.

집에서도 나의 통제력이 여지없이 작용해야 직성이 풀렸다. 집안일에 소질이 없으면서도 매 순간 신경 쓰고 보살피려고 했다. 특히 '감자'가 태어나 엄마가 된 뒤에는 더욱 예민해진 나머지 무의식중에 가정의 중앙처리장치(CPU)가 되어버렸다. 어떤 물건이 어디에 있는지, 언제 무엇을 해야 하는지, 누구를 찾아가 어떤 일을 처리해야 하는지 모두 판단하고 처리한 것이다. 병에 걸리기 한 달 전에는 단 하루 만에 이삿짐을 모조리 정리한 적도 있다. 맥도널드는 마치 마술이라도 부린 것 같다고 했다.

"어떻게 하루 사이에 모든 게 이렇게 완벽하게 정리될 수가 있지?"

내가 없으면 정말 아무것도 제대로 돌아가지 않을 거라고 믿었다. 그런데 병에 걸리고 나서야 알았다. 내가 없어도 세상은 잘 돌아가고, 내가 일일이 손쓰지 않아도 맥도널드와 '감자'는 잘 지낼 거라는 사실을.

생사의 고비를 몇 차례 넘기고, 사는 것이 죽는 것만 못한 시기를 가까스로 넘긴 뒤 돌연 삶이 가벼워졌다.

이제 더 이상 경쟁자도 적도 없으며, 누가 누구보다 강한지 따위에는 아예 관심도 없어졌다. 그 많던 프로젝트도, 스스로 만들어놓은 미션도 잠시 내려놓았다.

그렇게 세상에서 한발 물러나자 비로소 꽃과 구름과 바람이 보였다.

“하늘은 매일같이 이 아름다운 것들을 내게 주었지만
정작 나는 그 축복을 못 받고 있었다.
선물을 받으려면 두 손을 펼쳐야 하는데
내 손은 늘 뭔가를 꽉 쥐고 있었으니.”

나를 위해
희생한 사람이 있었다는 것

    암 선고를 받고 나서 제일 먼저 미안한 마음이 들었던 대상은 엄마였다. 만날 때마다 시비를 걸어 다투고, 두 번 다시 안 볼 것처럼 헤어진 다음에는 다시 그리워했던 엄마. 그러다 또 만나면 반가워하다가 또 싸우고야 마는. 미우면서도 사랑할 수밖에 없는 엄마.

    하지만 가장 걱정스러운 사람은 남편 맥도널드였다.

    '아, 저 남자…… 이제 어떡하나!'

    맥도널드는 '책을 보다가 틈틈이 세상을 살아간다'는 표현이 어울릴 만한 책벌레였다. 화학 전공자답게 실험실 냄새를 묻히고 다녔다. 전공 분야의 책들 외에는 관심도 없었고, 어딘가 처박히면 바깥에 전쟁이 일어나도 나오지 않을 인간이었다.

    우리 둘 사이의 공통점이 있다면 환경과 커피에 대한 관심 정도였을 것이다.

남편을 보면 정말이지 말문이 턱 막힐 때가 한두 번이 아니었다. 머릿속에는 화학 반응에 대한 호기심 또는 복잡한 수식만 가득 차 있는 그가, 각박한 현실(곧이곧대로 풀리지는 않으며 편법이 횡행하는)에서 어떻게 살아남을 수 있을지 답답하기만 했다.

한마디로 우리 부부는 서로 완전히 다른, 그래서 도저히 합쳐질 수 없는 양극단의 세계에서 살아가는 사람들이었다. 그러면서도 우리는 의외로 잘 맞는 부부이기도 했다. 그 점은 아무리 생각해도 여전히 불가사의하기만 하다.

일반적인 기준에서 보면 우리는 꽤 이른 나이에 결혼한 커플이었다. 뭐 그렇다고 로맨틱한 연애 사고를 치거나 격정에 사로잡혀 결혼한 것도 아니었다. 그저 이런저런 기회에 몇 번 마주치고 밥 한 끼 같이 먹다가 자연스럽게 '합치는' 쪽으로 결정을 내린 것이다. 보고 싶어서 잠 못 이루는 밤도 없었고, 손잡고 호숫가를 산책하거나 러브레터를 주고받은 적도 없었다.

우린 그때 둘 다 각자 뚜렷한 인생의 계획이 있었다. 남편은 이미 박사과정을 마치고 강단에 서는 한편 학생들과 함께 수많은 프로젝트를 진행 중이었다. 나도 석사, 박사과정을 단계적으로 밟아 대학에 남겠다고 결심했다.

우리는 암암리에 '각자의 계획에 딴죽 걸지 않기'라는 약속을 했고, 그것을 기막히게 잘 지켜나갔다. 나는 나대로, 남편은 남편대로 자기만의 인생 수첩에 단계별 계획과 장기적인 꿈 따위를 생각날 때마다 적어놓은 것이 이미 빽빽한 상태였다. 맥도널드도 나도, 거기에 맞춰 충실히 살아갔다.

가끔 우리는 소파에 앉아 각자의 수첩을 꺼내놓고 자랑이라도 하듯 한 장, 한 장 펼쳐보이곤 했다. 내 수첩도 만만치 않았지만 남편의 수첩에는 수십 페이지에 걸쳐(그 특유의 예쁜 글씨체로) 자신의 일정과 계획, 목표 따위가 깨알같이 적혀 있었다.

좋게 말하면 우리는 정말 '쿨'한 부부였고, 나쁘게 보자면 서로에게 무심한 부부라고 할 수도 있었다. 대단한 특징도, 존재감도 없지만 고장 없이 잘 굴러가는 자동차처럼, 우리의 결혼 생활도 그렇게 밋밋하고 싱겁지만 잘 굴러왔다.

그러다가 내가 암 환자 병동에 입원하면서 모든 것이 꼬여버렸다.

내가 갑자기 몰아친 아픔 때문에 쩔쩔맬 때부터 맥도널드는 이미 제정신이 아니었다. 게다가 누군가에게 전화를 걸어 도움을 청해야 할 상황에서도 그는 속수무책이었다. 어쩔 수 없는 일이었다. 그의 인맥이라고 해봐야 동료 교수 몇 명 또는 후배들뿐이었고, 그들 역시 현실적인 대처 능력에선 젬병이었다.

허둥대며 실속도 없고, 무엇을 어떻게 해야 할지 몰라 쩔쩔매는 그를 보며, 나는 그제야 내 남편이 현실 생활에서 얼마나 동떨어진 사람인지 다시 한 번 절감했다. 내가 죽기라도 하면, 저 사람은 과연 어떻게 살아갈 수 있을까.

결국 나의 인맥을 동원해 가까스로 응급실을 거쳐 중환자실에 안착하게 되었다. 그 이후에야 남편은 자기가 할 수 있는 일들을 스스로 찾기 시작했다.

어느 날, 병실의 보호자용 침대 머리맡에 책이 산더미처럼 쌓였다. 슬쩍 훑어보니까 죄다 의학 관련, 특히 유방암에 관한 전문가용 서적들이었다. 맥도널드는 마치 다시 수험생이라도 된 것처럼 밤새워 그 책들을 하나씩 독파해나갔다. 평생을 책 속에만 파묻혀 살아온 사람답게 이번에도 책에서 길을 찾으려는 것이다. 나에게는 그다지 낯설지 않은 모습이었다. 평소에도 세상 웬만한 일들을 화학분자식처럼 풀어나가려고 했으니까.

남편은 지금껏 살아오며 만났던 사람들보다 더 많은 사람들을 찾아가 새로운 희망적인 정보가 있는지 꼬치꼬치 캐물었다.

소통에 미숙한 남편의 고집으로 인해 불쾌한 반응을 보인 사람도 있었고, J박사처럼 "도대체 남편이란 사람이 어떻게 아내가 저 지경이 되도록 모를 수 있냐?"며 탓하는 사람도 있었다. 심지어 어떤 사람은 이런 말로 남편의 속을 뒤집어놓기도 했다.

"사실 요즘 세상에는 돈이면 안 되는 게 없어요. 어떤 기업 경영자는 수술도 불가능하니 꼼짝없이 죽을 수밖에 없다는 판정을 받고는 유럽으로 날아가서 수술을 받았어요. 거기서 완치되어서 돌아왔죠. 혹시 의향 있으면 말씀하세요. 줄을 놓아드릴 수 있으니까. 뭐, 돈이 문제이긴 하지만…….”

그런 날이면 맥도널드는 캄캄한 새벽에 슬그머니 일어나 어디론가 갔다가 한참 후에 돌아오곤 했다. 그가 돌아누우며 코를 훌쩍거리는 소리를 듣고, 나는 알았다. 그가 아무도 모르는 곳에 가서 펑펑 울고 돌아왔다는 것을.

나는 그런 남편이 안쓰러워 미칠 지경이었다. 그렇다. 남편은 생전 처음으로 진짜 세상과 마주치고 있었던 것이다. 순수한 학문의 세계가 아닌 야수처럼 잔인한, 날것 그대로의 세상.

평생 그럴 일이 없으리라 믿었던 위기 앞에서 맥도널드는 자기 존재의 의미를 바닥부터 다시 점검하기 시작했다. 나는 뭔지 모를 좋지 않은 낌새를 채고는, 남편의 손을 잡고 말했다.

“당신, 포기하지 마. 나 때문에 당신 계획, 당신 꿈 다 틀어져버리면 난 정말 괴로워서 곧바로 죽고 말 거야.”

그때마다 남편은 입을 꾹 다물고 결의에 찬 표정으로 고개를 끄덕이곤 했다. 나는 재차 다짐을 받았다.

“농담 아니야. 나, 이겨낼 거야. 다시 건강해져서 나중에 당신이 병들면 내가 엉덩이 닦아줄게. 그러니까 당신도 포기하지 말고 열심히 해야 돼. 당신이 속한 세계에서 우뚝 서는 거야, 알았지? 낮에는 엄마 아빠나 시어머니가 자주 오시니까 당신은 가서 일을 해. 연구원들을 전화로만 닦달하지 말고.”

“응, 알았어. 걱정 마.”

하지만 남편은 약속을 지키지 않았다. 어느 날부터인가 남편은 연구실에 나가지 않고 하루 24시간을 오로지 내 곁에서만 보내기 시작했다.

“당신 연구실은 어떡하고?”

“응, 휴가를 받았어. 그동안 휴가를 한 번도 안 썼잖아.”

맥도널드는 이 정도로 대책 없는 바보였다. 그 말이 거짓말이란 걸 모를 아내가 어디 있단 말인가. 더구나 나도 명색이 대학교수이고 프로젝트를 몇 개나 동시에 진행하던 사람인데.

나는 그가 잠시 자리를 뜬 사이, 그의 연구실에 전화를 걸었다. 순진한 연구원 하나를 살살 꾀어서 물어본 결과, 맥도널드가 여태껏 진행해왔던 모든 프로젝트를 중단하고 무기한 휴직을 신청했다는 사실을 아주 간단하게(불과 3분 만에) 알아냈다.

분노가 치밀어서 당장 침대에서 벌떡 일어나 앉을 수 있을 것만 같았다. 정수리 위로 시커먼 매연이 뿜어져 나오는 듯했다.

‘가만 안 둘 거야!’

그때 보호자용 침대 위에 놓인 가방 사이로 낯익은 수첩이 보였다.

그가 늘 끼고 사는 그 수첩이었다.

나는 조금씩 팔을 뻗어 안간힘을 쓴 끝에, 간신히 그 수첩을 꺼내들 수 있었다.

그리고 그 손때 묻은 수첩을 펼쳐 한 장씩 넘겨보다가 끝내는 울음을 터뜨리고 말았다.

그의 계획이 빽빽하게 적혀 있던 페이지마다 붉은 사인펜으로 커다랗게 × 표시가 그어져 있었던 것이다.

그리고 뒤쪽 페이지의 빈 여백에는 쓴 위에 또 쓰고, 겹쳐 써서 새카매진 굵은 글씨가 마치 음각처럼 새겨져 있었다. 이렇게…….

'위지안'

나는 조금 일찍 알았어야 했다.

❝내가 세상의 꼭대기에 서서 승승장구했을 때에도,
끝 모를 추락으로 시커먼 암연 속에 떨어졌을 때에도,
나를 위해 진심으로 기도를 해준 사람이 있었다는 것을.❞

혼자 아픈 사람은
없다는 것

상태가 위독해질 때마다 응급 침대에 실려 중환자실로 들어가야 했다. 응급 침대로 바꿔 타기 위해 장장 30여 분에 걸쳐 조금씩 움직이면 복도를 지나치던 환자나 가족들이 걸음을 멈추고 안쓰러운 듯 지켜보곤 했다.

"어머나! 젊은 나이에 참 안됐어. 암세포가 뼈까지 전이돼서 움직이는 게 힘들대."

아줌마들이 안타까워하는 소리가 들렸다. 그래도 원숭이처럼 구경하는 건 기분이 상했다. 게다가 알아듣기도 힘든 사투리로 떠들어대는 여자는 또 뭐란 말인가.

"어매~ 저 여자 ×××가 ○○○○한 것 좀 보소. 아배요~ 안 보이나? 저 여자 ××××…… (사투리가 심해서 무슨 말인지 알아들을 수가 없었다)."

이해할 수는 없었지만 그다지 좋은 의미는 아닌 것 같았다. 가뜩이나 몸도 아픈데 마음까지 사정없이 찔러대는 고통.

눈을 돌려보니 마흔 살쯤 돼 보이는 여자였다. 여자가 이번에는 표준말로 바꾸어 남편에게 물었다.

"어머, 이렇게 젊은 아가씨가 도대체 무슨 병이기에 이런대요?"

고의로 신경을 거슬리게 하는 것 같았다. 남편은 아무런 대꾸도 하지 않았다. 여자가 호락호락 놔주지 않겠다는 듯 다시 물었다.

"젊은 아가씨도 이렇게 못 움직이는 병에 걸릴 수 있어요?"

나는 그냥 넘어가려고 했지만 맥도널드가 난처해서 어쩔 줄 모르는 걸 보고 화가 치밀어 견딜 수가 없었다. 그래서 간신히 몸을 돌려 찐빵 같은 그녀에게 쏘아붙였다.

"여긴 암 병동이잖아요. 당연히 암에 걸렸으니까 여기 왔겠죠."

상태가 호전되어 중환자실에서 나왔을 때, 그들이 내 옆자리에 새로 온 할머니의 보호자라는 걸 알게 되었다. 할머니는 말이 없는 반면 예의바르고 깔끔해 보였는데, 딸은 전혀 딴판인 것 같았다. 면회 시간이 끝나자, 딸은 어디론가 돌아가고, 할아버지 혼자 남아 할머니 곁을 지켰다.

다음 날, 새로운 사실을 알게 되었다. 할머니는 움직일 수 없을 뿐더러 다른 사람들과는 소통을 하지 못했다. 할머니가 웅얼웅얼하는 그 외계 언어를 알아들을 수 있는 사람은 오직 할아버지뿐이었다. 할머니는 하루가 지나자 말이 많아졌다. 특히 내게 "몇 살이냐, 결혼은 했느냐"고 미주알고주알 물었다. 할아버지가 통역을 해주긴 했지만 그 사투리가 너무 심해서 알아듣기 힘든 건 마찬가지였다. 그래서 곧 나타난 딸이 할아버지의 사투리를 표준말로 통역해주었다. 할머니의 질문이 할아버지를 거쳐 딸을 통해야만 내게 전달되었다. 기이한 경험이었다.

할머니는 지칠 줄 모르고 내게 온갖 것들을 물었다. 할아버지도 피곤한 기색이 없었다. 하지만 딸은 힘든 모양이었다.

"엄마, 좀 쉬었다 해요. 아버지는 아침도 못 드셨어요."

그러자 할머니가 뭐라고 반응하기도 전에 할아버지가 끼어들었다.

"그럼 저리 가, 내가 말을 할 테니."

"그러다 피곤해서 또 쓰러지면 어쩌시려고요!"

그러더니 딸은 우리에게 한바탕 넋두리를 하기 시작했다. 그녀의 얘기인즉, 할머니가 중풍으로 반신불수가 된 지 벌써 15년째란다. 그 15년 동안 할아버지는 하루도 빠짐없이 할머니 곁에서 묵묵히 시중을 들었다. 새벽 다섯 시에 일어나 아침밥을 지어 먹이고, 여덟 시쯤 할머니를 휠체어에 태우고 시장에 다녀와 점심을 지었다. 할머니가 밥을 다 먹고 낮잠 자는 시간이면 할아버지는 빨래를 했다. 빨래가 끝날 즈음 할머니가 깨면 다시 휠체어에 태워 산책을 나가 주전

부리를 샀다. 그렇게 두어 시간 산책을 마치고 돌아와 할머니가 간식을 먹는 동안 할아버지는 저녁밥을 지었다. 저녁을 먹고 나면 할머니가 밤 열한 시까지 텔레비전을 보기 때문에 그때까지 기다렸다가 몸을 닦아주고 함께 잠이 들었다. 할머니가 밤에 끙끙거리기만 해도 할아버지는 용수철처럼 일어나 시중을 들곤 했다. 15년 동안 매일 그리 했다고 한다.

오랫동안 반신불수로 지낸 할머니는 지능이 아이와 같은 데다 자기가 암에 걸린 줄도 모르기 때문에 늘 즐거웠다. 아이처럼 "꼬치가 먹고 싶어", "공원에 산책 가고 싶어" 하며 할아버지를 잠시도 가만두지 않았다.

아무리 귀여운 아이라도 세 시간 넘게 칭얼거리면 받아주기 힘든 법인데, 정작 할아버지는 시종일관 다정한 목소리로 "여기선 그런 걸 못 먹어, 좀 지나면 밖에도 나갈 수 있어" 하며 다독였다.

병실에서 '진짜 통증'이란 것을 겪어보지 않은 사람은 없다. 하지만 아무리 아파도 진통제 주사를 맞으며 꾹꾹 눌러 참는 사람이 대다수였다. 그런데 할머니는 어찌나 집념이 강한지 밤새 끙끙거리며 자기만의 독특한 외계어로 할아버지에게 "이렇게 해라, 저렇게 해라" 하며 끝없이 주문했다. 딸은 밤에 남아 있는 날이 없었기 때문에, 오로지 할아버지 혼자 그런 할머니를 감당해야 했다. 할아버지는 할머니가 시키는 대로 왼쪽, 오른쪽으로 번갈아 눕히기도 하고 때로는 번쩍 안아서 일으키기도 하는 등 하루에도 수십 번을 들었다 놨다 하면서도 싫은 내색 한 번 하지 않았다.

보호자를 보면 환자가 어떻게 살아왔는지 알 수 있다. 어떤 사랑을 받고 또 서로 어떤 사랑을 주며 살았는지 뭉클하게 느껴진다.

대부분의 가족들은 환자가 육체적 고통을 겪는 동안, 그에 못지않은 정신적 고통을 기꺼이 감수한다. 그들은 환자가 침대에 누워 잠이 든 동안에도 의사를 만나 이야기를 듣고 다음 단계 치료책을 의논하는 등 희망을 찾아 산을 넘고 물을 건넌다. 병세가 악화되었다는 말에 속이 시커멓게 타들어가도 환자 앞에서는 웃음을 잃지 않으려고 애를 쓴다.

그래서 환자 곁에 오래 머문 가족들은 점차 성인이 되어간다. 성인이란 '위대한 사랑'을 할 줄 아는 사람이니까.

환자가 하루하루 삶의 의지를 키워나가는 것은 알게 모르게 그런 위대한 사랑을 받고 있기 때문일 것이다.

**"어쩌면 병이란, 우리가 평생 살아도 깨닫지 못할
그런 사랑을 일깨워주기 위한 가장 극단적인
처방일지도 모른다."**

병은 우리를 아프게 하지만, 동시에 그보다 큰 행복을 발견하게 해준다. 우리는 그것을 은연중 인식하기에 극심한 고통 속에서도 삶을 쥐고 있는 손을 놓지 않는 것이다.

세상에는 생각했던 것보다
좋은 사람이 많다는 것

　남편 맥도널드가 불가피하게 출장을 간 적이 있다. 시어머니가 병
원에서 내 시중을 들어주는 동안, 아빠가 아들 '감자'를 맡아 돌보아
야 했다. 엄마는 '급한 일이 생겼다'면서 산둥지역에 며칠 다녀온다
고 했다. 정말 급한 일이 생긴 것인지, 아니면 서로 눈치를 보는 서먹
한 관계가 부담스러운 것인지 속내를 알 수 없지만.

　'감자'에게 흥미로운 일이 생겼다.

　아빠 말씀으론, 집 근처 제과점을 지날 때마다 녀석이 가게 유리창
에 딱 달라붙어 꼼짝도 하지 않는다고 했다. 쇼윈도 안에 진열된 크
리스마스트리와 장식용 볼, 과자로 만든 집을 넋 놓고 바라본다는 거
였다.

　"그 눈빛이 꼭 동화에 나오는 성냥팔이 소녀 같더구나."

　갖고 싶어서 죽겠다는 표정인데도 정작 사달라고 조르지는 않는다

고 했다. 아빠는 '감자'에게 말을 잘 듣는 착한 아이가 되면, 크리스마스 때 산타할아버지가 선물을 주실 거라고 했단다.

'벌써 크리스마스구나.'

경우에 따라서는 크리스마스란 게 사람을 많이 슬프게 할 수도 있다는 걸 알았다. 하지만 스스로 나약해지는 것은 금물이었다. 자기연민이야말로, 암 환자에게 우울증까지 유발해 병세를 더욱 악화시키는 주범이니까.

나는 그 대신, 산타의 축복을 꿈꾸는 어린 친구를 위해 차근차근 궁리를 해보기로 했다. 맥도널드에게 전화를 걸어 상의한 결과, 과자로 만든 집은 그가 돌아오면서 구입하기로 했다. 탈모가 심해져 맥도널드 M마크가 위로 한층 뾰족해졌는데도 이렇게 자꾸 부담만 주는 것이 미안했다.

그런데 나무는 아빠가 어디서 마련해온다고 쳐도, 장식용 볼은 또 어디서 사야 하나? 1년이 훨씬 넘도록 병원에만 있다 보니 현실 감각을 모두 잃어버린 것만 같았다.

침대에 엎드린 채 노트북 컴퓨터로 인터넷 쇼핑몰들을 뒤졌다. 하지만 쇼핑몰마다 몇 개 단위는 취급하지도 않았고, 더욱 큰 문제는 내게 결제 수단이 없다는 점이었다. 다시 신세한탄을 했다.

우리는 사랑하는 사람을 위해 뭔가를 해줄 수 있는 기회가 언제나 충분히 남아 있다고 생각한다. 그래서 소홀히 하기도 하고 뒤로 미루기도 한다. 그러다 문득 '마지막 기회'를 맞이하는 순간, 비로소 깨닫게 된다.

> "인생이란 여전히 셀 수 없을 만큼 많은
> '사랑할 수 있는 기회'로 이루어져 있다는 사실을……."

답답하고 우울한 그날 밤, 침대에 엎드려 인터넷 커뮤니티 게시판에 '크리스마스트리 장식하고 남은 장식용 볼, 혹시 갖고 계신 분 없나요?'라는 글을 올리고 잠이 들었다.

크리스마스 이틀 전의 아침, 아빠가 손자를 먹일 아침을 준비하는데 현관 벨이 울렸다.

도도(Dodo)라는 사람이 '친구'를 자처하며 작은 크리스마스트리를 들고 서 있었다. 장난감도 잔뜩 가지고 왔다. '감자'가 문 뒤에서 살짝 보고 있다가 그것들을 확인하고는 숨이 넘어갈 것처럼 놀랐다.

도도가 가고 나서, 얼마 뒤 누가 또 문을 두드렸다.

"여기가 위지안 씨 댁인가요?"

그들은 미디(Midi) 부부라고 했다. 아빠로선 모르는 사람들이었고, 그들이 왜 그런 이름을 쓰는지도 이해할 수 없었다. 그들도 커다란 크리스마스트리와 장난감을 잔뜩 짊어지고 왔다.

'감자'는 이번에도 어안이 벙벙해져서 서 있다가 미디 부부가 문을 나설 때에야 강아지처럼 뛰어나가 연신 "고맙습니다!" 하며 절했다. 그러고는 문이 닫히자마자 크게 소리를 질렀다.

"와, 선물이 이렇게나 많아! 우리 부자 되겠다!"

세 번째 방문객은 우편배달부였다. 프렌디(Friendy)라는 친구가 특급 우편으로 장식용 볼을 보낸 것이었다.

'감자'는 흥분해서 깡충깡충 뛰더니 볼을 하나하나 이어달라고 할 아버지에게 부탁했다. 그걸 목걸이처럼 만들어 목에 걸고는 장난감을 가지고 의기양양 집 안을 돌아다녔다.

아빠에게 그 이야기들을 전해 들으면서 얼마나 웃음이 나던지.

어쩌면 '감자'의 기억에 엄마가 살아 있는 마지막 크리스마스가 될 지도 모를 그날 밤, 이 세상에는 내가 생각하던 것 이상으로 좋은 사 람들이 많다는 것을 새삼 깨달았다.

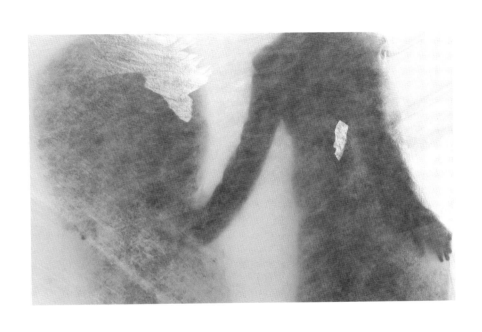

어쨌거나
다 지나간다는 것

　대부분의 암 환자들은 수술 전에 방사선 치료를 받는다. 방사선으로 종양의 크기를 작게 만들면, 조치가 불가능했던 환자도 수술의 기회를 얻을 수 있기 때문이다. 물론 나 같은 말기 암 환자에게는 임시방편에 불과했으나, 그래도 부담을 완화하고 통증을 멎게 하는 데에는 어느 정도 효과가 있다.

　방사선 치료는 상상보다 훨씬 무섭다. 같은 병실에 있던 아줌마가 나보다 먼저 방사선 치료를 받은 것을 보고, 처음에는 오금이 저리고 가슴이 두근거리기도 했다.

　그녀는 심한 고통을 겪고 있었다. 아줌마가 치료받은 부위는 목 아래 앞가슴이었다. 방사선 치료 횟수며 사용량, 반응까지 모두 일반적 수준이라고 했는데, 그 '일반적 수준'이란 게 내게는 머리카락이 쭈뼛 설 정도로 두렵기만 했다. 탱탱하고 하얗던 앞가슴이 방사선 치료를 마치자마자 마치 오븐에 구운 오리처럼 까맣고 버석버석해졌다. 피부는 수분 부족으로 거북이 등처럼 갈라졌고, 그 틈 사이로 핏빛 도는 하얀 살이 보였다.

하지만 시간이 모든 고통과 그 기억마저 깔끔하게 가져가는 것일 까? 당시에는 죽을 것만 같던 고통도 결국에는 어떻게든 견디고 넘어가게 되어 있는 모양이다.

그 아줌마는 얼마 후, 퇴원해서 화려하게 변신해 검진을 받으러 왔다. 입원했을 때와는 완전히 달라진 세련된 모습이었다. 목에 명품 스카프를 둘러 고통의 흔적을 감추자, 어느 누구도 그녀가 암 환자라는 것을 알 수 없을 것 같았다.

드디어 내 차례가 왔다.

J박사는 우선 체중을 지지하는 척추부터 방사선 치료를 하기로 했다. 치료가 시작되자 나의 등과 허리 피부는 곧 까맣게 타서 감각이 없어졌다. 남은 건 가려움뿐이었다. 그런데 날마다 침대에 누워 땀을 흘리는 말기 암 환자에게 있어, 등허리가 까맣게 타는 것은 정말 심각한 문제였다.

방사선 치료에 화학요법까지 번갈아 진행되자 내 몸은 더 이상 견디지 못했다. 토하려 해도 할 수 없었고, 혼절하려 해도 마음처럼 되지 않아 고통을 전부 받아내야 했다.

결국 J박사가 예정했던 방사선 치료 횟수를 다 채우지 못했다. 나중에 겨우 몸을 추스르고 J박사에게 물어보니, 그는 치료 스케줄을 취소하고 미리 납부한 치료비를 돌려받으라고 했다.

"방사선 치료가 효과적이긴 하지만, 안 할 수 있으면 되도록 안 하는 것이 좋습니다."

환자의 몸을 귀하게 여겨 처방을 과하게 쓰지 않는 J박사가 점점 마음에 들었다. 비록 내 이름을 제대로 부른 적은 한 번도 없었지만.

하지만 화학요법의 거부 반응은 갈수록 심해져서 구토가 멈추지 않았다. 구토를 한 뒤에는 어김없이 머릿속이 울리고 척추와 갈비뼈를 바늘로 찌르는 것 같은 아픔이 다가오는 바람에 정신을 차릴 수 없었다. 그래도 울지는 않았다. 견뎌낸 만큼, 딱 그만큼 더 살 수 있을 거라고 생각하기로 했다. 마지막 숨을 쉬는 그 순간까지 즐겁고 유쾌하게!

하지만 나의 비극은 화학요법을 받아도 수치가 계속 올라간다는 것이었다. 삶에 대한 의지 혹은 의학적 무지 때문에, 수치가 오르는 상황에서도 이를 악물고, 몸이 감당할 수 있는 한 화학요법을 다 받았다.

마침내 허셉틴 사용이 결정되었다. 금전적 부담 때문에 웬만한 서민은 구경도 해볼 수 없는 약.

허셉틴은 한마디로 원자폭탄 같은 위력이 있었다. 이공계 출신인 맥도널드는 설명서를 꼼꼼하게 읽더니 걱정하기 시작했다. 의사의 설명으로는 허셉틴이 부작용이 적고 안전하다고 했지만, 설명서에는 수많은 부작용이 깨알같이 나와 있다는 거였다.

맥도널드는 당황해서 설명서를 들고 암센터의 의사들을 하나하나 찾아가 부작용이 나타나면 어떻게 되는지 물었다. 의사들은 하나같이 안심하라고만 했다.

"그동안 많은 환자가 허셉틴을 맞았지만 문제가 없었습니다. 괜찮을 겁니다."

선례가 없는데 무엇을 두려워하느냐는 것이다.

하지만 나의 불행은 그 병원 역사상 허셉틴 부작용이 나타난 최초의 예가 되었다는 점이었다.

약제를 희석하면 두유 팩 크기의 투명 용액이 된다. 처음 정맥에 주사액이 들어갈 때는 괜찮았다. 그러나 5분도 안 되어 갑자기 가슴이 차가워지면서 온몸의 혈관과 감각이 심장으로 몰려 수축되는 것 같았다. 손발이 얼음장처럼 차가워지고 모든 감각이 사라졌다. 나는 두 손으로 심장 부위를 움켜쥐었다. 남편에게 말을 하려고 했는데 목구멍 밖으로 나오지 않았다.

설명서에 나와 있는 '5퍼센트 확률의 부작용'이 나에게 나타난 것이다.

맥도널드는 책을 보다가 나를 발견하고는 벌떡 일어나 호출기를 눌렀다. 그것도 모자라 미친 사람처럼 뛰어나가 의사들에게 소리쳤다.

"여기! 비상입니다. 도와주세요."

장대처럼 키가 큰 의사가 몇 가지 장비를 들고 맹렬하게 뛰어 들어왔다. 간호사들은 긴급 장비 시스템을 밀며 따라왔다. 그들은 내 몸에 수없이 많은 주사를 놓았다. 맥박이 거의 잡히지 않았다. 혈압은 최저 24였고, 최고 혈압도 정상인의 최저 혈압에 미치지 못했다.

곧이어 J박사를 비롯한 스태프들이 나타났다. 온몸에 주삿바늘이 비처럼 쏟아지는 바람에 어떤 주사가 가장 견디기 힘든지도 모를 지경이었다. 의사들은 내가 다시 위험해질까봐 퇴근도 못하고 맥박과 혈압이 정상으로 돌아올 때까지 기다렸다.

그런 부작용이 있는데도 허셉틴은 나를 살릴 수 있는 유일한 무기였다. 허셉틴을 맞지 않으면 병세를 통제할 방법이 없기 때문이다.

맥박과 혈압이 잡히자 이번에는 열이 나기 시작했다. 열이 39도 정도까지 올라 펄펄 끓었다. 그렇게 심박과 호흡 측정기를 달고 3일 밤낮을 앓았다.

지금 생각해봐도 그 무서운 시간을 어떻게 통과해왔는지 모르겠다. 그래도 어쨌든 지나왔다. 나는 위인이나 성자는 아니지만, 이제 어려움을 하소연하는 사람들에게 '이 또한 지나가리라' 같은 말을 할 수 있는 자격을 갖게 된 것 같다.

삶이라는 길에는 무수한 아픔과 고통이 도사리고 있다. 그 시련들은 삶에 대한 대가로 우리가 마땅히 치러야만 하는 것들이다. 누구도 피해갈 수 없다. 사람마다 각각의 할당량에 차이가 있을 뿐.

눈앞의 어려움을 어떻게 부르느냐에 따라 대처 방법은 판이하게 달라질 수 있다. 한사코 포기하거나 회피하려고 한다면 시련은 더욱 커질 것이다. 반면 그것을 온전히 치러야 할 삶의 대가로 받아들인다면, 시련이 아니라 일종의 시험이 된다.

나는 오늘도 아프고 내일도 아플 것이다.

"그러나 더 이상 이런 나날들을 시련이라
부르고 싶지 않다. 스스로 이 삶의 고삐를 움켜쥐고
마침내 내 운명의 주인이 되기 위한
시험이라고 부를 것이다."

삶의 끝에 와서야
알게 된 것들

얼마나 견딜 수 있을까.
삶의 시간이 멈추는 것보다
내가 받은 사랑을 다 갚지 못할까봐, 그게 더 두렵다.
세상에 빚을 지고 싶지 않다. 사랑만 남겨두고 싶다.

기적은
꽤나 가까이에 있다는 것

허셉틴이 효과를 나타내 각종 위험 수치를 많이 떨어뜨려주었지만, 내가 침대에서 일어날 수 있는지 여부를 놓고 의사들은 부정적인 결론을 내린 모양이었다. 암세포가 척추나 다른 뼈들로 너무 많이 전이된 상태였기 때문이다.

그사이 나는 통증이 많이 가라앉아 침대 난간을 잡은 채 천천히 몸을 돌리고 침대를 30도 올려 기대어 앉을 수 있게 되었다. 그러나 어떤 의사들은 그런 모습을 볼 때마다 이렇게 경고를 했다.

"좋아진 건 사실이지만 아직은 움직이면 안 됩니다. 특히 침대에서 내려오면 절대 안 됩니다."

어떤 의사는 이렇게 겁을 주기도 했다.

"지금 환자의 척추는 벌레 먹은 나무같이 구멍이 숭숭 뚫려 있는 상태라고 볼 수 있습니다. 자칫 일어섰다가는 무게를 견디지 못할 겁니다. 척추 뼈가 부러지면 어떻게 되는지 아시나요? 온몸이 마비되고 '생활의 질이 매우 낮아질 것'입니다."

'생활의 질'이 이보다 더 낮아지면 도대체 어느 정도가 된다는 말일까?

하지만 그 말을 들은 뒤로는 어쩔 수 없이 얌전히 누워 있기만 했다.

그러던 어느 날, J박사가 해외 학술 세미나에서 돌아와 병실에 들렀다. 나는 여전히 침대에 죽은 듯이 누워 있었다. 박사는 내 진료 기록을 한참 동안 이리 보고 저리 보더니 따지듯이 물었다.

"왜 아직까지 그렇게 누워 있어요?"

"예?"

"일어나봐요. 그렇게 코끼리처럼 누워 있지만 말고. 이러다 소화 계통까지 완전히 고장 나면 어쩌려고 그래요?"

어안이 벙벙했다.

"의사 선생님들이 모두 일어나지 말라고 그러던데요."

그러자 J박사는 훌쩍 사라지더니 22층에 있는 모든 당직 의사들을 집합시켜 내 침대 앞에 나란히 도열시켰다.

"누가 당신더러 일어나지 말라고 했는지 짚어봐요. 그런 엉터리 의사는 내 밑에서 일할 자격이 없으니까."

재빨리 흰 가운들을 훑어봤다. 그런데 죄다 일어나지 말라고 한 의사들뿐이었다. 어쩔 수 없이 나는 수심이 가득한 표정으로 말했다.

"잘못했어요. 일어나는 게 무서워서 제가 의사 선생님들 핑계를 댔어요. 거짓말해서 미안해요."

박사가 버럭 소리를 질렀다.

"이봐요. 우지안 씨(역시 이름을 잘못 불렀다), 당신 그렇게 게으름이나 부리려면, 여기 말고 집에 가서 누워 있어요!"

모든 잘못을 억울하게 뒤집어쓴 나는 고분고분 대답할 수밖에 없었다.

"최대한 일어나볼게요."

노르웨이 식탁을 떠올리면서 최대한 맛있게 먹으려 노력했고, 마침내 빙빙 도는 어지러움을 이겨내고(오래 누워 있던 환자가 갑자기 일어나면 현기증이 오는 경우가 많다) 꼿꼿하게 일어나 앉았다. 병원에 입원한 이후 처음으로 앉아서 병실 전체의 모습을 보는 순간이었다.

다음 날, 조심스럽게 침대 아래로 두 발을 천천히 내렸다. 그리고 조심조심 두 다리로 일어섰다. 척추는 부러지지 않았다.

이런 게 바로 기적이었다. 손발도 꼼짝할 수 없는 가운데, 뼈에까지 암세포가 퍼진 말기 암이라는 결과가 나왔을 때, 다시는 일어나 걸을 수 없을 거라고 생각했다. 눈을 뜬 채로는 병원 밖으로 나갈 일도 없을 거라는 비관적인 전망을 했다.

그런데 이렇게 두 다리로 우뚝 서게 되다니……. 이런 게 기적이 아니라면 무엇이 기적이겠는가.

나중에 퇴원을 한 뒤에는 그보다 훨씬 놀라운 사건이 일어났다.

나는 따뜻한 햇살 아래의 아파트 단지에서 '감자'가 노는 모습을 지켜보고 있었다. 아이가 공을 줍기 위해 놀이터 밖으로 벗어나는 순간, 멀리서 자동차 한 대가 과속으로 달려오는 것이 보였다.

그 순간, 나는 아이를 향해 돌진했다. 쏜살같이 달려가 19킬로그램이나 되는 '감자'를 덥석 안아 들고 보행로 위로 올라왔다. '벌레 먹은 나무같이 구멍이 숭숭 뚫려 있는' 뼈의 어디에서 그런 힘이 나왔을까.

이 불가사의한 일화를 아는 사람은 나밖에 없다. 누군가에게 말한들 소용없을 것이다. 의학적으로는 절대 설명이 되지 않을 일이니까. 맥도널드에게 이야기해봤자, '왜 아이를 데리고 나가 둘 다 위험한 지경에 처했느냐'는 훈계만 들을 것이다.

우리는 아직 인간의 무한한 잠재력에 대해 아는 것이 많지 않다. 우리 몸속에는 어쩌면 우주에 필적할 만큼 거대한 힘이 숨어 있는지도 모른다. 아마도 그런 불가사의한 힘이 기적을 일으키는 게 아닌지 모르겠다.

"생각해보면, 기적은 꽤나 가까이에 있다.
다만, 우리가 그것을 발견하지 못하고 대단한 것만을
기대하기 때문에 기적으로 보이지 않을 뿐이다.
그래서 기적이 그 다음의 기적을 불러내지 못하는 것이다."

고마움을 되새기면
외롭지 않다는 것

노르웨이에서 공부하고 있을 때 외할아버지가 돌아가셨다.

외할아버지는 내가 처음으로 잃은 가족이다. 사람과 사람이 '죽음'으로써 영원히 헤어질 수 있음을 그때 처음 알았다. 외할머니는 내가 상심해서 학업을 그르칠까봐 장례식조차 알리지 않았다. 나중에 울면서 전화를 했더니 할머니는 태연한 척 나를 위로했다.

"그래, 할아버지가 돌아가셨다. 늙으면 다 죽는 거야. 슬퍼하지 마라. 나는 괜찮다. 순리인 게지."

나는 외할아버지와 외할머니 손에서 컸다. 외할머니는 평생 한 번도 나를 속인 적이 없고, 어른들이 흔히 그러는 것처럼 아이를 위한 선의의 거짓말조차 하지 않았기에 나는 할머니 말이라면 무조건 믿었다. 할머니와 할아버지는 어린 손녀 앞에서도 삶과 죽음에 대해 아주 자연스럽게 대화를 나누곤 했다.

언젠가부터 나의 소망은 두 분이 떠나실 때 곁을 지키는 것이 되었다. 침대 옆에 앉아 손을 꼭 잡고 가시는 길 외롭고 무섭지 않게 해드리고 싶었다. 하지만 할아버지의 손을 잡아드리지 못했다.

"할머니, 할머니 손은 꼭 잡아드릴게요."

내 마음을 알았는지, 할머니는 안심하라고 했다.

"나는 네가 돌아오기 전에는 절대 할아버지 곁으로 안 갈 거야. 네 마음 아프게 안 할 거야."

그러나 할머니는 약속을 지키지 않았다. 오래지 않아 할아버지 곁으로 떠났기 때문이다. 할머니는 평생 처음 나와의 약속을 어겼다.

어릴 때 학교에서 돌아오는 길에 아빠의 요리사 제자를 우연히 만나 과자를 선물받은 적이 있다. 한 개를 먹으려는 찰나, 갑자기 큰 개가 짖는 바람에 놀라 땅바닥에 우르르 쏟고 말았다. 나는 울면서 과자들을 주웠지만 전부 흙이 잔뜩 묻어 있었다. 툭툭 털고 먹어보려다가 끝내 포기하고 말았다.

나는 그 과자들을 버리지 않고 집으로 가져갔다. 그리고 외할머니한테 쓱 내밀었다. 도대체 왜 그랬는지 모르겠다. 내 마음 어느 곳에서 사악함이 뛰쳐나왔을 수도 있고, 조금은 착한 의도에서 그랬는지도 모른다. 나는 할머니가 그 과자를 몹시 좋아한다는 사실을 알고 있었다. 다만 돈이 아까워서 직접 사드시지는 못한다는 것도.

아무튼 할머니는 깜짝 놀라며 나를 와락 껴안아주었다.

"아이고, 우리 손녀가 이제 다 컸구나. 할미한테 과자를 다 가져다 주고."

할머니는 내가 "많이 먹고 왔다"면서 끝끝내 사양하자 과자를 아삭 아삭 맛있게 드셨다. 분명 모래가 씹혔을 텐데도…….

그때 그 일이 두고두고 마음에 남았다. 그래서 나중에 용돈이 좀 생기면 할머니에게 그 과자를 사드리곤 했다. 물론 대학에 진학한 뒤 로는 독립을 한 데다, 항상 쪼들린다는 핑계로 조악한 상자에 들어 있는 삼류 제품으로 사드릴 수밖에 없었다.

그때마다 할머니는 무슨 보물단지라도 되는 것처럼 과자 상자를 벽장 깊숙이 모셔두곤 했다.

그런데 어느 해 여름방학을 맞아 할머니를 보러 갔을 때, 나는 벽 장 속에서 유통기한이 훨씬 지나 곰팡이가 슨 과자 상자를 발견했다.

"할머니! 이거 왜 안 드셨어요?"

할머니는 수줍게 웃으며 이렇게 말했다.

"어쩐지 아까워서……."

"아깝긴 뭐가 아까워! 이런 과자쯤은 평생 사드릴 수 있단 말이에요."

나는 속이 상해서 곰팡이 핀 과자 상자를 마당에 던져버렸다.

"아이고, 아이고!"

할머니는 맨발로 달려 내려가더니 빈 상자에다 곰팡이 과자를 하나하나 주워 담기 시작했다. 나는 그런 할머니가 미웠고, 싸구려 과자로 생색을 내려 했던 내가 한심해서 짜증이 치밀어 올랐다. 할머니는 엄마보다 더 많은 시간 동안 나와 함께해준, 엄마보다 더 엄마 같은 분이었다.

그 뒤로 아르바이트를 하면서 여유가 조금 생길 때마다 제일 좋은 과자를 사서 우편으로 보내드리곤 했다. '아껴두지 말고 꼭 드셔야 해요, 꼭'이라는 쪽지와 함께.

세월이 흘러 노르웨이로 유학을 떠나게 됐을 때, 할머니를 찾아갔다. 할머니는 나를 오랫동안 안아주셨다.

"할머니, 나 벌써부터 눈물 나올 것 같아."

할머니는 "씩씩해야지, 응?" 하며 내 엉덩이를 툭툭 두드려주셨다. 그러고는 생각날 때마다 꺼내 보라며 낡은 사진 한 장을 건네셨다. 아주 오래전에 할아버지와 할머니가 함께 찍은 흑백사진이었다.

노르웨이에 도착한 날부터 나는 할아버지와 할머니 사진을 책상 위에 놓고, 힘들거나 외로운 날이면 그 앞에 앉아 물끄러미 바라보곤 했다. 사진과 마주하면, 할아버지 무릎 위에 앉아 이야기책을 듣고 할머니와 목욕을 하던 편안한 어린 시절로 돌아가 적어도 마음만은 푸근해질 수 있었다. 추위에 유난히 약했던 내가 북구의 무지막지한 추위를 견뎌낸 것만 해도, 대단한 일이었다.

그런데 할머니는 할아버지를 먼저 보낼 때에도 내게 비밀로 하더니, 당신이 떠날 때에도 내게 아무런 기별도 없이 훌쩍 가버리셨다.

노르웨이 생활에 적응하기 위해 한창 바빴던 2005년, 나는 할머니가 세상을 떠났다는 연락을 받고 공황 상태에 빠졌다. 연휴라 비행기 표를 구할 수 없어 장례식에도 참석하지 못한 채 발만 동동 굴러야 했다.

뒤늦게 도착했을 때에는 이미 모든 것이 끝나 있었다. 외가는 썰렁했다. 어디에서도 할머니의 체취, 할머니의 흔적을 느낄 수 없었다. 죽음을 예감하셨는지, 몇 달에 걸쳐 당신 물건들을 정리하셨다고 했다.

그날부터 사흘 동안 나는 할머니 방에 누워 두문불출했다. 나를 남겨두고 혼자 떠나버린 할머니를 원망했고, 외롭게 남은 내 처지가 슬퍼서 눈물을 펑펑 쏟았다. 내겐 엄마였던 할머니.

그렇게 며칠을 보내다가 맥도널드의 손에 끌려 밖으로 나왔다.

나는 아직 유학생이었고, 학위를 마치기 위해 다시 노르웨이행 비행기에 올라야만 했다.

떠나는 날 아침, 나는 혹시나 하는 마음에 할머니의 벽장을 열어보았다. 곰팡이가 핀 과자 상자가 생각났기 때문이다. 혹시 또 그런 게 있지 않을까 하는 생각에서였던 듯싶다.

그런데 벽장 안 한가운데에 정말로 과자 상자 하나가 덩그러니 놓여 있는 게 아닌가. 사람들은 할머니가 당신 물건들을 모두 치워놓은 걸 보고, 이런 곳까지 열어볼 생각을 하지 않은 것 같았다.

'뭐지?'

무심코 상자를 집어 들었다가 깜짝 놀라고 말았다. 상자 겉면에 삐뚤빼뚤한 할머니 글씨로 이렇게 적혀 있었다.

'지안이 과자 값.'

그 상자는 예전에 내가 버렸던 곰팡이 과자를 다시 주워 담았던 바로 그것이었다. 그 속에는 할머니가 한 푼, 두 푼 모은 돈이 들어 있었다. 나는 공항으로 향하는 동안 그 상자를 품에 안고 눈물을 흘렸다.

이제는 알 것 같다. 할머니가 어떤 마음으로 그 과자 상자에 돈을 모으기 시작했는지.

할머니는 대학생이 된 나를 떠나보낸 뒤에, 나를 잃은 상실감에 마음 아파하며 외로워했을 것이다. 그런 외로움을 즐거움으로 바꾸기 위해 과자 상자를 선택하신 것 같다. 내가 드린 그 싸구려 과자 상자에 돈을 모으면서 나에 대한 고마움을 되새겼던 것이 아닐까. 함께 있어주어서, 과자의 추억을 나눠주어서 고마웠던 손녀에게 줄 '깜짝 선물'을 준비하면서.

아마도 그랬을 것이다. 지금 말기 암 환자가 되어보니 할머니의 심정이 어땠는지, 이해가 간다.

할머니는 그래서 마지막 순간까지 나를 생각하며 행복하게 웃음

지었을지도 모르겠다. 외삼촌 말씀으론 편안한 임종이었다고 했다. 그 과자 상자에 대해 왜 유언을 남기지 않았는지는 미스터리이지만.

지금 나도 할머니께 고맙다.

할머니 덕분에 고마움을 떠올릴 수 있으니까. 세상에는 왜 이렇게 고마운 사람들이 많은 것인지. 맥도널드, '감자', 아빠, 엄마, 시어머니, 친척들, 친구들, J박사님, 백정 선생님, 간호사님들, 학교의 은사님들, 아이에게 크리스마스트리와 장식을 보내준 인터넷 친구들…….

**" 세상에 혼자뿐이라는 생각이 든다면,
기억을 떠올려보라.
그 많은 손길들이 눈물을 닦아줄 것이다.
그 많은 눈들이 슬픔 아닌 다른 것을 보여줄 것이다.
그 많은 이야기들이 허전했던 가슴을 채워줄 것이다."**

나는 한 편의 드라마로
시작되었다는 것

　그녀가 오기 전까지 루이진 병원에서 가장 동정을 많이 받던 사람은 나였다. 유방암은 대체로 중년 이후의 여성들에게 찾아온다. 나이든 아줌마들은 내게 이렇게 말하곤 했다.

　"우리야 뭐, 자식도 키울 만큼 키웠고, 노년을 그다지 여유롭게 보내지 못한다는 게 아쉬울 뿐이지만, 위지안 당신은……."

　그러면서 딱하다는 표정을 짓곤 한다.

　암에 걸려도 좋은 때가 따로 있는 건 아니지만, 그들은 내가 입원한 '타이밍'을 두고두고 안타까워했다.

　오랜 노력 끝에 박사 학위를 받아 강단에 섰고, 욕심을 부렸던 프로젝트들이 줄줄이 시작된 그 순간에, 하필이면 아이가 이제 막 '엄마'나 '아빠' 같은 말을 하게 된 그 순간에, 또한 부모님은 마침내 존경받는 교수가 된 외동딸을 보며 어깨를 펴고 자랑할 수 있게 된 바로 그런 순간에…….

그래서인지 의사나 간호사는 물론, 간병인과 다른 가족들도 나만 보면 측은하다는 눈길을 보내곤 했다. 나는 그런 시선을 굳이 즐기지는 않았다. 아무튼 그렇게 '동정표 1위'로 군림(?)하던 어느 날 그녀가 등장했다.

S는 유방암 말기 환자로, 나보다 두 살이 어렸다. 그녀의 등장을 계기로 나는 비로소 '동정표 1위' 자리에서 벗어날 수 있었다.

대학 동기로 만난 S와 그녀의 남편은 서둘러 아이를 갖고 싶었지만 한동안 좋은 결과를 얻을 수 없었다. 산부인과에서는 엔지니어인 남편에게 문제가 있어 임신이 힘들다고 했다. 그래도 두 사람은 포기하지 않았고 마침내 아이를 갖는 데 성공했다.

S는 그때부터 '아기 판다'(판다는 새끼를 잘 낳지 못해 심각한 멸종 위기에 처해 있다 —옮긴이)를 품에 안고 살얼음판을 걷는 것처럼 조심조심 지냈다.

그러나 배 속의 '작은 판다'가 5개월째 접어들었을 때, 그녀는 왼쪽 가슴이 점점 이상하게 변하는 것을 느꼈다. 원래 임신을 하면 가슴이 예전과 달라지기는 하지만, S의 경우는 '기이할 정도'였다. 그래서 정기검진을 받으러 간 김에 의사에게 지나가는 투로 물었다.

의사는 임신 때문에 다소 커지고 변형된 S의 가슴을 검사하다가 얼굴색이 확 변했다. 그러고는 종이에 복잡한 용어를 마구 갈겨 주며 "어서 큰 병원으로 가서 정밀 검사를 받으세요"라고 했다. 하지만 S는 태아에게 좋지 않을까봐 미루다가 결국에는 딱 두 가지 검사만 받기로 결심했다.

검사 결과가 나오자마자, 긴급히 수술이 결정됐다. 악성종양, 그것도 유방암 말기였다.

"지금 즉시 절제 수술을 해야 합니다."

의사가 심각하게 말했다. 림프샘으로 전이됐는지는 알 수 없지만, 수술 직후 곧바로 화학요법 치료를 해야 한다는 말도 덧붙였다.

남편은 아내를 부둥켜안고 대성통곡했다. 반면 연약하기만 했던 S는 어디서 그런 침착함이 나왔는지 의아하리만치 담담한 표정으로 물었다.

"아이를 낳은 뒤에 수술하면 안 될까요?"

의사는 단호하게 고개를 저었다.

"환자의 생명이 너무 위험합니다. 암은 장난이 아니에요. 빨리 조치할수록 살 가능성도 커집니다."

"아이를 낳은 뒤에 암 치료를 하겠어요."

S는 바위처럼 요지부동이었다.

"잘 생각하셔야 합니다. 아이가 태어나기도 전에 암세포가 전이될 수도 있어요. 그러면 환자는 물론 아이까지 위험해집니다."

"지금 이 상태로라도 아이를 낳을 수는 있는 거죠? 그렇죠?"

S는 배를 쓰다듬으며 애써 웃음을 지었다. 의사는 잠시 침묵하다가 말했다.

"환자분 같은 입장일 경우, 대부분의 여성들은 아이를 포기합니다. 아이는 다음에라도 낳을 수 있지만, 자기 목숨은 하나뿐이니까요."

그러나 S는 눈물을 머금은 채 웃어넘겼다.

"하지만 저는 이 아이가 제 존재의 절반이라고 생각해요. 이 아이가 있어야만 하고, 만약 이 아이가 없다면, 제 존재도 의미가 없는 걸요. 그러니까 그냥 출산하게 해주세요."

남편과 가족들이 달려들어 하소연했지만 그녀의 확고한 결심을 바꿀 수는 없었다. S는 배 안의 새 생명과 자신의 목숨을 맞바꾸려는 것이었다. 수술 뒤에는 다시 임신할 수 없을 테니, 그녀에겐 그게 처음이자 마지막으로 엄마가 될 수 있는 기회였다.

사람들에게는 제각각 하고 싶은 것이 있다. 하지만 뚜렷한 신념이 있는 사람은 행운아다. 대부분 자신이 그걸 얼마나 원하는지 확신하지 못한 채, 기회를 넘겨버리고는 나중에 두고두고 후회하기 때문이다. 자신이 바라는 것을 위해 목숨까지 바칠 만큼 각오가 확고하다면, 어느 누구도 그걸 말릴 수는 없다.

결국 S의 모성애가 하늘을 움직였다. 그녀는 삶과 죽음을 가르는 도박에서 이겼고, 건강한 여자아이를 순산했다. 아기는 열흘 동안 모유를 먹으며 건강하게 자랐다.

이 세상에 태어난 모든 사람, 지구라는 이 기적 같은 행성에서 꿈꾸고 사랑하는 모든 사람에게는 제각각의 출생 드라마가 있다. S처럼 극단적인 선택의 상황까지는 아니더라도, 새 생명이 태어나기 위해서는 엄마의 상당한 자기희생이 따른다.

상상도 못할 아픔과 바닥이 없는 공포, 여기에 목숨을 거는 모성(임신에서 출산까지의 모든 과정이 위험천만이다)으로 인해 당신은 비로소 이 세상에 태어난 것이다. 이것만으로도 충분한 감동의 드라마가 아닐까.

" 그런 감동의 드라마를 만들며 태어났으니,
우리는 모두 행복해야 할 의무가 있다. "

세상사에 지치고 닥쳐오는 시련에 흔들릴 때마다, 나만의 '출생 드라마'를 떠올려보는 게 어떨까. 조금 더 나은 선택에 도움이 되지 않을까.

이 글을 쓰고 있는 지금, S는 세상에 없다. 아이가 "엄마" 하고 부르는 소리를 듣지 못한 채 먼저 떠났기 때문이다. S가 생각날 때마다 나 자신이 부끄러워진다.

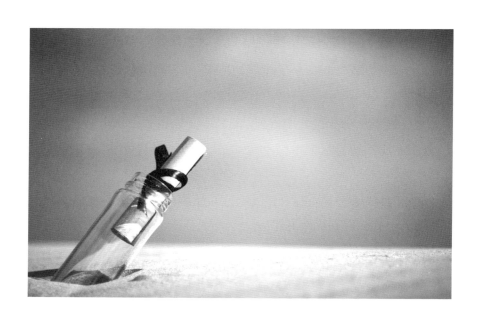

이별은 또한
홀로서기라는 것

'감자'를 낳았을 때 우리 부부는 녀석에게 '알파'라는 애칭을 붙여 주었다. 나중에 하버드 대학에 방문 학자로 가게 된다면, 미국에서 딸을 낳아 '베타'라고 부를 생각이었다. 하지만 그 이후 남편과 나의 일이 바빠지는 바람에 미국행은 기약할 수 없게 되었고, '베타' 역시 차츰 뇌리에서 잊혔다. 사실상의 포기라고 봐야 했다.

그리고 지금. '베타'는 영원히 만날 수 없게 되었으며, '감자'마저 시어머니가 붙인 애칭 그대로, 엄마 없는 아이로 살아가게 될지도 모른다.

그때가 생각난다. '감자'를 볼 때마다 미안함을 느끼게 되는 이별을 했던 그때.

어른들의 손을 잡고 이따금 병원에 찾아온 '감자'가 나에게 곧바로 달려오지 않고 쭈뼛대는 모습을 볼 때면, 그때의 죄책감이 되살아나 마음 깊숙한 곳을 커다란 바늘로 쿡쿡 찔러대는 것처럼 숨이 막히곤 한다.

    피할 수 없는 현실적인 이유로 인해 어린 '감자'를 시댁에 두고 와야 할 상황이 벌어졌다. 그럴 수밖에 없다는 사실을 인정하기까지 마음속으로 수없이 폭풍이 몰아쳤다.

    나 혼자 떠날 날이 다가오자, 시어머니는 미리 헤어지는 습관을 들여야 한다고 말했다.

    "지금 젖을 떼지 않으면 아기가 밤마다 계속 널 찾을 게야."

    아기는 똑똑하고 순했다. 처음에는 엄마만 찾더니 시어머니가 "엄마 출근했다"고 말하자, 이 조그만 녀석은 불쌍한 얼굴에 그 불안한 걸음으로 아장아장 방마다 들락거리며 안절부절못하다 결국 포기하고 말았다. 그러고는 칭얼대다 곧 잠이 들었다.

    그런 모습을 숨어서 지켜보던 나는 가슴이 찢어지는 것만 같았다.

    나 역시 어린 시절, 엄마가 아닌 외할머니와 외할아버지의 손에서 자랐다. 조금 자란 후에는 나를 직접 돌보지 않은 엄마를 원망하고 미워하기도 했다. 그래서 엄마 가슴에 멍을 남길 만큼 나쁜 말도 수없이 뱉어냈다.

    그랬던 내가 엄마가 되어서는, 엄마보다 더 먼 곳에 아이를 떼어놓고 도망을 온 셈이다. 일이 너무 많아 아이를 돌볼 수 없다는 불가피

한 사정도 있었다. 하지만 그건 엄마도 마찬가지 아니었을까.

　마지막 날, 시어머니가 아기와 함께 큰 침대에서 자고, 나는 멀찌
감치 떨어져 싱글 침대에서 잤다. 시어머니와 아기는 금세 꿈나라로
빠져들었지만 나는 좀처럼 잠을 이룰 수 없었다.
　한숨도 못 자고 뒤척이다가 결국에는 뜬눈으로 밤을 샜다. 그리고
새벽. 짐을 현관 앞에 놓아둔 채 아기 얼굴을 보려고 방으로 들어
갔다.
　"헤헤헤."
　아기는 꿈속에서도 즐거운 놀이를 하는지 웃으며 잠꼬대를 했다.
마지막 인사로 탐스러운 볼이나마 만져보고 싶었다. 그 감촉이라도
느껴보고 싶었다. 하지만 손을 뻗는데 시어머니가 말렸다.
　"그러다 깰라. 너 떠나는 거 보면 울고불고할 텐데, 공연히 마음 더
상할 일 만들지 마라."
　아기, 내 아기와, 인사조차 나누지 못한 채 도둑처럼 떠나야 한다
는 현실을 납득할 수 없었다. 아기가 잠들어 있는 새벽에, 아기를 두
고 몰래 떠나야만 하는 엄마, 그런 나쁜 엄마가 되다니. 자괴감과 죄
책감이 가슴을 후벼 파는 것만 같았다. 소리도 없이 눈물이 줄줄 흘
러내렸다.
　나는 상하이로 돌아오는 기차에서 내내 눈물을 삼켰다. 그럴 수만

있다면, 다시 돌아가서 아기를 데려오고 싶었다. 내 영혼의 절반을 억지로 떼어놓은 것만 같았다. 공연히 시어머니가 미워졌다. 마지막 인사까지 못하게 막다니.

상하이에서는 일이 바빴는데도 아주 오랫동안 새벽 늦게까지 잠을 이루지 못했다. 보드랍고 말랑말랑한 아기의 볼이 자꾸 생각나서 미칠 것만 같았다. 그렇게 잠을 설쳐가며 나는 결국 깨달았다.

시어머니가 말한 '헤어지는 습관'이란 것이 아기를 위한 게 아니라 나를 위한 것이었다는 사실을.

아이를 그렇게 두고 온 지 석 달 만에 나는 말기 암 판정을 받았다.

'부모와 자식의 인연이란, 부모가 자식의 뒷모습이 점점 멀어지는 것을 바라볼 뿐, 붙잡을 수 없는 관계'라는 말이 있다.

'감자'가 병상의 내게 다가오기를 주저할 때면, 이런 생각이 들기도 했다.

'차라리 잘된 것인지도 몰라. 이제 와서 다시 정이 들어봐야, 내가 죽고 나면 저 아이의 슬픔이 커지기만 할 텐데. 그냥 운명이라고 받아들이자. 나중에 좋은 새엄마를 만나서 행복하게 자라는 게 아이에게도 좋을 거야. 더구나 시어머니한테 떼어놓고 온 주제에……'

나는 아이에게 잘해주기는커녕 아이와 함께 지내는 '기본'도 못해준 엄마였다. 엄마의 사랑을 한창 받아야 할 시기에 그것을 모르고 자라, 여느 아이들과는 다른 삶을 살아가야 할 '내 아이'를 생각할 때면 너무 슬퍼서 몸이 바르르 떨리기도 했다.

엄마가 있는 가정환경이란 마치 '공기'와 같은 것이어서 평소에는 그 고마움을 느끼는 경우가 많지 않다. 당연한 것처럼 느껴지기 때문이다. 하지만 그런 당연한, 공기 같은 환경이 내 아이에게는 주어지지 않을지도 모른다는 생각을 하자, 말 그대로 가슴이 미어지는 것처럼 아팠다.

그러다가도 생각은 어느새 정반대 쪽으로 넘어가 있곤 했다.

'만에 하나, 내가 기적적으로 완쾌된다면 어떻게 될까. 내가 아이 곁을 떠나 일에 매진했던 것처럼, 저 아이도 금방 자라나 나를 떠나가지 않을까.'

상상이 더욱 비관적인 쪽으로 치달았다.

'아니야. 내가 아이를 두고 온 지 석 달 만에 말기 암 판정을 받은 걸 보면, 더 혹독한 대가가 나를 기다리고 있을지도 몰라. 틀림없을 거야. 어쩌면 내가 아이에게 했던 것보다 더 모진 이별을, 아이로부터 당할지도 몰라.'

상상이 거기까지 마구 내달리자 슬픔이 북받쳐 올라왔다. 나의 훌쩍이는 소리에 보호자용 침대에서 졸고 있던 시어머니가 화들짝 놀라 깨어났다.

교사 출신인 시어머니는 나의 얘기를 듣고는 자상한 어조로 말했다.

"아이가 자라는 것처럼 애정도 자란단다. 그러니까 떨어져 있어도 그런 애정은 충분히 전달되는 거야. 네가 노르웨이에 있을 때에도 네 엄마가 늘 너를 가슴에 품고 있었던 것처럼 말이지. 사람은 그런 애정을 서로 느끼며 각자 자기 인생을 살게 되어 있단다."

그 말에 엄마가 보고 싶어졌다. 말다툼 이후 서먹해진 엄마는 아빠와 함께 병실에 왔다가도 가만히 서 있다가 "일이 바쁘다"면서 금방 사라지기 일쑤였다. 아직까지 마음이 안 풀린 것일까.

그러다가 문득 생각이 들었다. 내가 아는 엄마는 그렇게 독한 사람은 못 됐다. 겉으로만 강한 척했을 뿐, 알고 보면 겁쟁이이기도 하다. 그렇다면, 혹시 엄마는 겉으로는 태연한 척하지만, 내가 죽을지도 모른다는 것을 나보다 더 겁내고 있는 것 아닐까.

시어머니가 풀이해준 한자의 심오한 뜻에 새삼 감탄했다. '나눌 분(分)' 자를 보면 사람(人)의 마음속에 칼(刀)을 꽂는 형상이다. 원래 하나인 것을 억지로 떼어내는 셈이다.

옛 어른들이 지적한 것처럼, 삶이란 끝없이 길을 재촉하는 마부와 같은 모양이다. 출발점에서 종점까지, 탄생에서 죽음까지 우리의 등에 짐을 잔뜩 지우고는 쉴 새 없이 채찍질을 하며 길을 가게 만든다. 그 바쁜 와중에도 우리는 같은 길을 가는 인연을 만나 어깨동무를 하기도 한다.

하지만 인생에서 끝까지 길을 함께 갈 수 있는 사람은 거의 없거나 극소수에 불과한 것 같다. 그래서 사람은 혼자 가는 것을 배워야만 한다.

물론 삶의 여정에는 크고 작은 파티가 하나씩 하나씩 이어진다. 화려한 불꽃과 아름다운 무대, 활기찬 음악과 춤…… 그러나 파티가 끝나면 결국 혼자 어두운 밤길을 걸어 집으로 돌아가야 한다.

> **"인생은 혼자 외로운 길을 걸어가도록 정해져 있으며,
> 누구나 어둠 속에서 고독한 길을 가야 한다는
> 사실을 받아들여야만 한다."**

그래서 모든 이별은 필연이며, 이별은 또한 홀로서기와 같은 뜻을 지닌 말이다.

시어머니의 따뜻한 위로를 듣고 나서야 마음이 차분해졌다. 또한 무분별한 상상에서 벗어나 현실로 되돌아올 수 있었다. 나는 결심했다.

아들과 정말로 헤어지는 날이 온다면, 평온하고 담담하게 이별을 할 것이라고. 아이가 독립하기 전에 내가 먼저 떠날 가능성이 90퍼센트 이상이겠지만.

동시에 엄마에게 다시 한 번 사과하고 싶어졌다. 그동안의 나는 엄

마의 죄책감을 이용해 어리광을 부려왔다는 것을 깨달았다.

아빠의 '특별한 물'을 가지고 나타난 맥도널드에게 엄마를 모셔다 달라고 부탁했다. 맥도널드가 밖에서 전화 통화를 하고는 돌아와서 말했다.

"많이 바쁘다고 하시네. 곧 들르신다니까 기다려보자."

줄 것은
항상 넘친다는 것

내 남편 맥도널드.

보호자용 침대에 이불을 깔고 누워 있는 그를 물끄러미 바라본다. 내가 병상에 누운 뒤로 우리는 부부 관계가 전혀 없었다. 나에게는 아무런 문제가 안 되지만, 서른일곱 한창인 그를 보면 안쓰럽기 짝이 없다. 미안하다는 말조차 꺼내지 못할 만큼.

어느 날 나는 농담이 아니라는 걸 분명히 하기 위해 진지한 표정으로 말했다.

"벌써 1년이 훨씬 지났네. 내가 돈 좀 줄까? 어디 가서 남자의 힘을 마음껏 발산하게 말이야."

맥도널드가 나를 힐끗 보더니 '푸하하' 웃음을 터뜨렸다.

"지안, 우리한테 돈이 남아도는 게 아니잖아."

"이것 좀 봐. '감자'가 할머니를 따라 당신 고향에 갔다가 친척들한테 용돈을 엄청나게 많이 받아왔네? 조그만 녀석 용돈으로는 감당이 안 될 만큼 많은 거 아냐?"

나는 두터운 봉투를 꺼내 들고 흔들었다.

"그랬다가 나중에 '감자'가 진상을 알게 되면 어떤 일이 일어나겠어? 아빠라는 사람이 자기 용돈을 이상한 짓에 썼다는 걸 알아봐. 그럼 내가 어떻게 아들 앞에 얼굴을 들 수 있겠냐고."

나는 손가락을 입에 대고 맹세했다.

"괜찮아. 비밀은 꼭 지킬게."

그러자 맥도널드가 새로운 아이디어를 냈다.

"어쩌면 돈 주고 해결할 필요가 없을지도 모르지. 잘 찾아보면 공짜가 있을 거야. 혹시 또 알아? 오히려 내가 돈을 벌 수 있을지도."

"맞아 맞아! 그렇게 해서 돈까지 벌 수 있으면 최고지!"

나는 박수를 치며 '좋아, 좋아'를 연발했다. 하지만 맥도널드는 미간을 찡그리며 뭔가 열심히 생각하는 눈치더니 마침내는 고개를 흔들며 말했다.

"아니야, 안 돼. 아무래도 심리적 장벽을 못 부술 것 같아."

그러다가 또 갑자기 빙그레 웃으며 말했다.

"그래, 정자를 기증하면 되겠다. 나같이 우수한 인재가 정자를 기증하는 건 나라를 위해서도 좋은 일이지. 게다가 좋은 두뇌를 가진 사람에게는 돈을 더 많이 주기도 한다더군."

나는 또 '좋아, 좋아'를 연발하다 '아니야, 아니야!' 하고 맥도널드를 말렸다.

"만에 하나 당신이 기증한 정자로 누군가 여자아이를 낳으면 어떡해? 세월이 흘러서 '감자'가 이복 여동생과 첫눈에 반해 결혼이라도 하게 되면 어떡하지? 그런 불상사는 우리가 미리 막을 수도 없잖아. '감자'가 여자 친구를 사귈 때마다 친자 확인 검사를 할 수도 없고 말이야. 당신이 정자를 팔면 지금 당장 수입이 생길 수도 있겠지만, 경제적 효용에선 마이너스라고 봐야 해. 인플레이션으로 화폐 가치가 떨어진 20년 뒤에는 친자 확인 비용이 훨씬 오를 테니까."

경제 분야에는 문외한이나 다름없는 맥도널드가 깜짝 놀라며 말했다.

"안 되지, 안 돼! 그럼 '감자'한테 외국인 아가씨하고만 사귀라고 해야겠다. 중국 여자들은 이복 남매일 가능성이 있으니까, 안 그래?"

그 다음부터 우리는 말도 안 되는 이야기를 마구 주절대기 시작했다.

"내가 죽고 나면 당신, 누구한테 새 장가를 갈 거야? 마음에 드는 여자가 있어?"

맥도널드는 골똘히 생각하더니 내 눈치를 슬슬 보며 말했다.

"판빙빙(范冰冰, 중국의 미인 영화배우 — 옮긴이) 정도라면?"

어이가 없었다.

"여보세요, 머리가 막 벗겨지는 아저씨! 내가 질투하는 게 아니라, 당신 목표가 말도 안 되게 비현실적이라 웃음도 안 나오네요. 판빙빙 같은 스타가 아저씨 같은 사람을 뭘 보고 만나겠어? 재벌도 아니고 연구실에서 약품 냄새나 맡고 있는 사람을."

"됐어, 됐어. 사실 나도 판빙빙은 별로야. 광고나 잡지, 인터넷에 너무 많이 나오니까 이제는 좀 질리기도 하네."

그래서 우리는 너무 쉽게 판빙빙을 포기해버렸다. 아는 사람 중에서 맥도널드가 좋아할 만한 사람이 있는지 따져보기로 했다. 내가 이름을 하나하나 부를 때마다 맥도널드는 미간을 찌푸리며 진지하게 생각했다. 하지만 생각나는 이름을 다 댈 때까지 맥도널드는 한 명도 찾아내지 못했다.

맥도널드의 눈빛이 반짝 빛나더니, "나는 H선생님 같은 사람이 좋아" 하고 말했다.

깜짝 놀랐다. H선생님은 내가 다닌 대학의 지도 교수였고, 환갑에 가까운 나이임에도 여전히 건강하고 매력적인 남성이기 때문이었다.

'앗, 혹시! 이 남자가 1년 넘게 독수공방을 하더니 동성애 기질이 생겼나?'

"당신 혹시 H선생님이 아니라 R선생님 말하는 거 아니야?"

H선생님의 부인인 R선생님은 지혜롭고 아름다우며, 특히 내가 가

장 존경하는 여성이었다. 남편의 취향이 연상으로 바뀐 것일까.

"R선생님은 몇 번 만나보지도 못했는데 뭘. 내가 말하는 사람은 H 선생님이라니까. 너그럽고 친절하고 사람들을 차별 없이 존중하는 자세도 멋있잖아."

맥도널드는 유감스럽다는 듯 덧붙였다.

"그런데 안타깝게도 남자네."

말하는 동안 병원의 저녁 식사가 나왔다. 그것으로 대화가 끝난 줄 알았다. 그런데 저녁을 다 먹고 나서 한참 지난 뒤에 맥도널드가 괴로운 듯 중얼거렸다.

"휴우, 아무리 생각해도 H선생님은 안 되겠어. 그 모습 그대로 여자가 된다고 해도, 그 까만 피부는 어떡하지? 엑! 역시 이상하잖아. 아무래도 좀……."

맥도널드와 이런 농담을 나눈 날이면 늦도록 잠을 설치곤 했다. 나는 여전히 삶에 대한 의지를 꺾지 않고 있지만, 어느 날 하늘이 '아무래도 널 데려가야겠어' 하며 손을 내밀면 그땐 어쩔 수 없이 따라나서야 한다는 것이 슬프기는 했다.

이제는 죽음에 대한 두려움보다 헤어짐에 대한 안타까움이 더 커진 것 같다. 아빠와 엄마, 맥도널드와 '감자', 시어머니. 그들이 나눠지게 될 슬픔의 무게를 생각만 해도 가슴이 아려온다.

그들이 감당해야 할 슬픔을 조금이라도 가볍게 해주려면 마지막 순간까지 의연하게, 그리고 즐겁게 살아야 한다고 마음을 굳게 먹는다. 내가 눈물과 한숨으로 남은 세월을 보낸다면, 사랑하는 사람들을 힘들게 할 뿐이니까.

> **"**먼 훗날 내가 사랑했던 모든 사람들이 나를 떠올릴 때면, '최선을 다해 남겨진 시간을 즐겁고 활기차게 살았다'고 고개를 끄덕여 미소 지을 수 있으면 좋겠다.**"**

　그래서 그 기억이 남은 이들의 삶에 조금이라도 도움이 된다면 더욱 더 좋겠다.
　병상에 누운 뒤로는 사람들로부터 오로지 받기만 한다고 생각해왔다. 그런데 지금 생각해보니까, 내게는 여전히 남들에게 나눠줄 것이 남아 있었다.
　삶에 대한 나의 자세, 즐거운 추억, 그리고 흐뭇한 웃음……

최후까지 행사해야 할
권리가 있다는 것

22병동 유방암 환자들이 휴게실에 모여 토론을 벌였다. 참가자는 B아줌마와 T아줌마, 윤활유 아줌마, 그리고 수치 언니 등 몇몇이었다. 사람들은 토론을 할 때마다 은근히 나를 진행자로 추대했다.

유명세 때문이었을 것이다. 몇 차례의 화학요법이 끝날 즈음부터 나는 루이진 병원 22병동에서 꽤 유명한 환자가 되어 있었다. 환자들이 나를 통해 기적의 가능성을 보았기 때문인 듯하다. 처음 입원할 때는 살짝 건드리기만 해도 까무러치기 일쑤였는데, 지금은 병실 여기저기를 돌아다니며 수다를 떨고 있으니 그럴 만도 하다.

한편으론 남편과 내가 둘 다 박사에 대학교수라는 것과 유방암에 대해 꽤 많이 안다는 점도 '진행자 추대'에 상당히 작용했을 것이다. 남편이나 내가 의사들과 의학 전문용어를 써가며 대화하는 것을 보고는 박식한 줄 알았나 보다. 여하튼 아줌마들은 시도 때도 없이 휴게실에 모여 이야기꽃을 피우다가 토론이 벌어지기라도 하면 나를 사회자로 초빙하러 왔다.

그런데 오늘의 주제는 이상하게도 '자살 체험담(지금 살아 있으니까, 정확하게 말하면 실패담)'이 되어버렸다. B아줌마 때문이었다.

"위지안 씨, 말해봐요. 당신은 공부를 많이 했으니까 잘 알겠죠. 고통 없이 자살하는 방법이 전혀 없을까요?"

표정을 보니 농담이 아닌 듯했다. 그녀는 말기 암인 데다 이미 암이 폐와 뼈로 전이된 상태였다. 대부분의 환자가 매일 밤늦게 들려오는 그녀의 비명소리에 익숙해진 상태였다.

"모르겠어요."

나는 진지한 표정으로 대답했다.

"이렇게 살아 있는 것만 해도 대단한 건데, 자살은 뭔 놈의 자살이야?"

누군가 침묵을 깨고 소리치자 B아줌마가 되받아쳤다.

"좀 솔직해져봐. 당신도 속으로는 자살을 생각해봤을 거 아냐? 진짜 아플 때에는 이렇게 당하느니, 차라리 죽어버리는 게 낫겠다는 생각, 여기서 안 해본 사람 있어? 괜히 센 척하지 말고 솔직하게 말해보라고!"

그 말에 아무도 반박을 하지 못했다. 잠시 후, 누가 먼저랄 것도 없이 하나둘 자기만의 은밀한 자살 체험담을 털어놓기 시작했다.

대교 위의 절뚝절뚝 추격전 – T아줌마

T아줌마는 소아마비를 앓아 한쪽 다리를 심하게 절었다. 서른 살 무렵, 남편을 잃고 두 아들을 홀몸으로 키웠다. 그녀는 생계를 위해 후미진 곳에 노점을 차리고 튀김과자를 만들어 팔았다.

"그런데 상하이 시청 사람들은 노점상을 보면 가만히 내버려두지를 않거든."

그녀는 시청 단속반을 피하기 위해 무거운 수레를 끌고 절뚝거리며 게릴라처럼 도망을 다녀야 했다. 하루하루가 전쟁처럼 힘겨웠지만, 그래도 나날이 성장하는 아이들을 보며 힘을 냈다.

고생이 헛되지 않았는지 큰아들은 도자기 수출 사업에 뛰어들어 성공을 거두었고, 작은아들도 학업을 마치고 형을 돕고 있다. 두 아들의 성공으로 T아줌마는 더 이상 단속을 피해 절뚝거리며 도망을 다닐 필요가 없어졌다.

그런데 태어나서 처음으로 편안한 생활이 시작될 무렵, 덜컥 유방암에 걸리고 말았다. 오른쪽과 왼쪽, 번갈아 한두 차례의 수술, 그리고 뒤이은 화학요법으로 심장과 폐, 담즙이 모두 쏟아져 나올 듯한 고통을 겪고, 입원과 퇴원을 오락가락하며 고생만 실컷 하다가 죽을지도 모른다는 두려움에 질려 T아줌마는 마침내 자살을 결심했다.

그녀가 선택한 곳은 강이었다. 다리 위에서 뛰어내리는 것이 가장 간단한 자살법이라고 생각했기 때문이다.

"아, 그런데 당최 죽을 수가 있어야지. 강물이 너무 더러운 거야. 오염이 많이 된 데다 전날 비가 와서 흙탕물이 벌겋게 일어났더라고. 그런 물속에서 죽어 있을 걸 생각하니까 어쩐지 기분이 안 좋은 거야."

그래도 한번 결심했으니 뛰어내려야 할 것 같아 결국 다리 위를 걷기 시작했다. 아들이 생일 선물로 사준 예쁜 옷을 차려입고 수심이 깊은 중심부 쪽으로 천천히 걸어갔다.

적당한 위치에 도달해 마지막으로 도시의 풍경을 둘러보는데, 자기도 모르게 긴 탄식이 나왔다고 한다. 그럴 수도 있겠다. 자살을 앞둔 마지막 순간에는 누구나 머리터럭만큼 남아 있는 미련을 발견하게 된다고 하니까.

T아줌마가 도시를 물끄러미 보고 있는데 멀리서 제복 입은 남자 둘이 호루라기를 불며 달려오는 게 보였다. 아줌마는 반사적으로 도망을 치기 시작했다. 뛰어내리면 끝난다는 이성적 판단보다, 노점상 시절부터 오랫동안 몸에 익은 행동이 빨랐던 셈이다.

"내가 아무리 절뚝거려도, 노점상을 할 때에는 나보다 빠른 단속반이 없었거든."

그러나 나중에 알고 보니, 그날 달려왔던 사람들은 환경 단속반이었다. 아줌마가 강물에 뭔가를 버리려는 걸로 착각했던 거였다.

T아줌마의 자살 시도 이야기는 거기서 끝났다. 우리는 배꼽을 잡

고 웃었다. 아줌마는 노점상 시절을 회상하며 이렇게 말했다.

"지금은 생각이 바뀌었어. 암? 아무렴 어때. 그래봐야 병일 뿐이잖아? 치료가 잘되면 그냥 사는 거고, 아니면 아닌 대로 편안히 떠나는 거지 뭐. 버티고 버티다 보니 벌써 3년이나 살았어."

구급 트랙터에 실린 '잘 안 죽는 여자' – 윤활유 아줌마

담담히 듣고 있던 윤활유 아줌마가 입을 열었다.

"난 아무리 죽으려고 해도 잘 안 죽어지더라고."

시골에서 자란 그녀는 지독한 차멀미 때문에 자기 집을 중심으로 반경 20킬로미터 밖으로는 나가본 적이 없었다. 하지만 우습게도 암에 걸린 다음에는 어쩔 수 없이 차를 타고 집에서 떠나 엄청나게 먼 곳에 머물고 있다.

어릴 때 어머니를 잃은 그녀는 동화책에나 나올 법한 악독한 새엄마 밑에서 유년기를 보냈다. 새엄마의 학대가 계속되자 장녀인 그녀는 어린 동생들을 데리고 집을 뛰쳐나왔고, 시집을 갈 때도 동생들을 데려갔다.

힘든 시절이 지나고 동생들도 제각각 독립해 가정을 꾸리자, 비로소 맏언니의 의무에서 해방되었다. 그런데 그녀도 T아줌마처럼 편안해지려는 순간에 암에 걸리고 말았다.

이상한 일이었다. 어째서 모진 고생을 이겨낸 사람들에게는 또다시 가혹한 아픔이 찾아오는 것일까?

그녀의 소식을 듣고, 각지에 흩어져 살던 동생들이 속속 몰려들었다. 동생들은 탁자에 둘러앉아 그 힘겹던 시절, 자신들의 보호막이자 기둥이 되어주었던 언니를 어떻게 살려낼 것인지 상의하기 시작했다.

하지만 아줌마는 이미 마음속으로 포기하고 있었다. 암에 걸리면 무조건 죽는다고 생각한 것이다.

그래서 마냥 넋 놓고 앉아 죽음을 기다리느니, 차라리 멋지게 세상을 떠나자고 결심했다. 마침 부엌 창가에 해골 표시가 새겨진 농약병이 눈에 들어왔다. 아줌마는 마치 보물단지라도 되는 양 병을 들고 안방으로 들어갔다. 결연한 마음으로 방문을 걸어 잠근 뒤, 병에 든 액체를 단숨에 들이켰다. 그런데 시간이 지나도 죽음이 찾아오지 않는 것이었다.

"그게 말이지, 농약이 아니었어. 아들 녀석이 오토바이 윤활유를 담아둔 거였더라고."

"아니 그래도 그렇지, 어떻게 윤활유랑 농약을 구분 못해요? 딱 봐도 기름인 걸 알 수 있을 텐데."

내가 어이가 없어서 물어보았다.

"자기는 윤활유 마셔봤어? 농약 마셔봤어? 둘 다 난생처음인데 뭐가 뭔지 어떻게 알아? 난 독한 냄새가 안 나기에, 그저 품질 좋은 고급 농약인 줄로만 알았지.”

결국 가족들이 문을 부수고 들어와 아줌마를 자루처럼 짊어지고 밖으로 나갔다.

“트랙터 시동 걸어!”

자동차가 없어 트랙터 신세를 져야 했다. 그때의 광경은 아직까지도 마을의 진풍경으로 남아 있다고 한다. 한 사람은 허둥지둥 트랙터를 몰고, 또 한 사람은 아줌마의 목구멍에 손가락을 넣어 토하게 하면서 울퉁불퉁 산길을 내달렸다.

마침 일행이 도착한 곳은 농약 먹은 사람을 잘 살려내기로 유명한 병원이었다.

“그래도 3일 동안은 제정신이 아니었어. 속이 얼마나 쓰린지 일주일이나 침대에서 꼼짝도 못했다니까.”

우리는 웃다 못해 눈물까지 줄줄 흘렸다.

교양 있는 죽음을 찾아서 – 수치 언니

이번에는 나와 같은 병실을 쓰고 있는 ‘수치 언니’ 차례. ‘수치’라는 별명이 눈에 확 띈다.

정상인의 경우 CA15-3(Carbohydrate Antigen: 탄수화물 항원. 유방암 검진이나 전이 여부를 진단할 때 사용하는 종양 표지 인자 —옮긴이)이 30 이하를 가리킨다. 그런데 이 언니는 무려 900이라는 엄청난 '수치'를 기록했는데도 통증이 없다고 했다. 이 불가사의한 수치로 인해 언니는 병동에서 '수치 언니' 또는 '수치 여사'로 불리게 되었다.

평소 그녀는 잘 움직이지 않는다. 휴게실 토론이 한창일 때도 모습을 보이지 않다가 깔깔거리는 소리가 점점 커지면 그제야 어슬렁어슬렁 우리 쪽으로 걸어오곤 했다.

"무슨 얘긴데 그렇게 재미있어 해?"

"자살 얘기요."

"자살? 그럼 나도 빠질 수 없지."

수치 언니는 부유층 마나님이었다. 성공한 남편에 자랑스러운 아들, 격조 있는 살림까지 남부러울 것 없는 생활이었다.

그런 어느 날 목욕을 하다가 종양을 발견했다. 비교적 조기에 발견한 것이다. 하지만 의사가 유방암이란 말을 하자마자 바닥에서 '쿵' 소리가 났다. 아줌마가 아니라, 뒤에 서 있던 남편이 쓰러진 것이다. 집에 돌아와서도 가장 큰 소리로 엉엉 운 것은 아줌마가 아니라 아들이었다.

평온하고 행복하게 살아가던 가족에게 날벼락이 떨어졌다. 환자도 가족도 누구 하나 이 참담한 현실을 받아들일 수 없었다. 밤낮없이 셋이 얼싸안고 어깨를 들썩이며 울고 탄식했다. 옆집에서 이상하게 여겨 경찰에 신고를 하기도 했다.

수술도 엄두가 나지 않았으며, 화학요법은 더 두려웠다. 결국 수치 언니는 이 숨 막히는 현실을 잊기 위해 죽기로 결심했다. 그런데 어떻게? 이 부유한 마나님은 '교양 있게 죽을 방법'이 떠오르지 않아 골머리를 앓았다.

"글쎄, 높은 데서 뛰어내리자니 죽은 모습이 너무 끔찍할 것 같아서 싫고, 손목을 긋자니 유혈이 낭자할 것 같고, 목을 매는 것도 모양이 별로 안 좋고. 쥐약을 사러 갔더니 대형 마트에서는 판매도 안 하고, 기껏 살충제를 구입했더니 분무기로 돼 있지 뭐야. 결국 수면제밖에 없더라."

수치 언니는 인터넷에 능숙했다. 검색을 해보니까 수면제 200알이면 제대로 죽을 수 있을 것 같았다. 그때부터 수면제를 보석처럼 모으기 시작했다. 불면증이라고 속이고 의사에게 처방전을 받아 한 알, 두 알 얻는 식이었다. 가족들에게 들키지 않으려고 조그만 알약 주머니를 만들어 몸에 지니고 다닐 만큼 용의주도했다.

200알을 모으려면 꽤 긴 시간이 필요했다. 그 기간에 수치 언니의 마음에 변화가 생겼다. 암은 암인데 여전히 마작 테이블에 앉을 수도 있고, 예전처럼 생기발랄하게 하루를 살 수 있다는 사실을 알게 된 것이다. 남편과 아들도 점점 긍정적 자세를 되찾기 시작했다. 그들은

CA15-3 수치란 것이 한낱 숫자에 불과할 뿐, 꼭 죽는 것은 아니라 는 사실을 깨달았다.

결국 수면제 200알을 다 모으기도 전에 수치 언니는 계획을 접었 다. 죽을 이유가 없었던 것이다. 다행히 언니의 화학요법은 비교적 가벼웠고, 치료 후에도 아직까지 좋은 반응만 나타나고 있다.

언니는 얼마 전, 화장실로 들어가 120여 알의 수면제를 몽땅 변기 에 쏟아버렸다. 변기는 아무리 많은 수면제를 삼켜도 잠들지 않겠지 만, 생사의 기로에서 '삶'을 선택한 이 감동적인 순간에 언니가 너무 흥분한 나머지, '비밀 약 주머니'까지 한꺼번에 넣는 바람에 변기가 막혀 뚫느라 난리가 났다.

우리는 손뼉을 치며 깔깔대고 웃었다.

그날 밤, 수치 언니와 나는 침대에 누워 소곤소곤 이야기를 나누 었다.

"위지안, 죽음을 생각해본 적 있어?"

나는 어둠 속에서 그냥 웃기만 했다.

솔직하게 털어놓자면, 몇 번은 그런 생각을 품기도 했다. 그게 앞 으로 겪어야 할 고통보다 간단한 일이라는 생각에서였고, 또한 내가 조금이나마 죽음을 당길 수 있다면 남편이 집까지 팔지 않아도 되니 까 남은 가족들에게도 경제적으로 이익일 수 있기 때문이었다. 그러므로 스스로 죽음을 선택하는 게 나로선 조금 더 통쾌할 수도 있는 선택이었다.

하지만 그럴 수는 없었다. 엄마이기 때문이다. 비록 세상에서 가장 무력하고 해줄 것이라고는 미소 짓는 일뿐이지만, 또한 앞으로 얼마나 더 아이의 모습을 볼 수 있을지 모르지만 적어도 아이에게 꼭 전해주고 싶은 메시지가 있다.

나는 '감자'에게 '엄마 아빠'라는 말 외에는 가르쳐준 게 없었다. 아이가 이제는 스펀지처럼 세상의 모든 것들을 흡수하는 시기에 이르렀는데, 눈을 맞추며 관심과 사랑으로 소통하면서 세상을 가르쳐주어야 할 엄마는 죽음 문턱에서 헤매고 있으니.

하지만 언젠가 아이가 자라나 '엄마에게 무엇을 배웠느냐'는 질문을 받는다면, 1초의 망설임도 없이 대답할 수 있는, 그런 메시지를 아이에게 전해주고 싶었다. 아이가 평생에 걸쳐 되새기며 좀 더 나은 삶을 살 수 있는 바탕이 될 수 있는 메시지.

그 메시지는 입으로 전하는 게 아니라, 행동으로 보여줄 수밖에 없다.

적어도 엄마는 겁쟁이가 아니라고, 그러니 너도 앞으로 살아가면서 절대 포기하지 말라고.

나는 비록 죽음과 가까운 곳에서 하루하루를 살아가고 있지만 그래도 최선을 다해 마지막까지 살아갈 것이다. 그것이 오늘 내가 살아갈 이유이다. 설령 내 의지와 상관없이 어느 날 불쑥 죽음이 닥쳐온다 해도 그건 결코 내가 나약해서 포기한 것이 아니다.

"운명이 나에게서 모든 것을 앗아간다 해도,
결코 빼앗지 못할 단 한 가지가 있다. 그건 바로
'선택의 권리'일 것이다."

나는 생의 마지막 순간까지 내 삶을 선택하는 최후의 권리를 행사할 것이다. 그래서 죽은 뒤에도 아들에게 자랑스러운 엄마로 남고 싶다. 앞으로 어떤 고통이 몰려와도, 설령 죽음보다 큰 고통이 나의 목을 조를지라도 결코 스스로 내 삶을 포기하지는 않을 것이다.

최후의 순간까지 즐겁고 유쾌하게. 스스로 즐거울 수 있는 사람은, 이 세상에서 가장 강한 사람이다.

슬픔도
힘이 된다는 것

　내가 지금의 '감자'보다 조금 더 나이가 들었을 때일 거다. 나는 외삼촌 등에 업혀 신나게 대머리를 만지곤 했다. '반짝이'라고 놀리면서.

　그때 너무 많이 놀리고 만져서 벌을 받은 것일까? 남편도 결혼 후 머리칼이 빠져 맥도널드 마크의 M자 형태를 그리더니, 이제는 가운데 머리까지 듬성듬성해졌다.

　그 다음은, 마침내 나의 차례였다.

　화학요법에서 누구도 피할 수 없는 부작용은, 머리카락이 빠지는 것이다. 환자들 대부분은 그제야 머리카락이 얼마나 소중한 것이었는지 절감하며 평소에 아껴주지 못했던 자신을 반성한다.

　머리카락이 빠지는 느낌은 사람마다 제각각이다. 그때마다 극심한 통증을 느끼는 사람이 있는가 하면, 인식하지 못하는 사이에 쑥쑥 빠져 고통을 겪지 않는 사람도 있다.

탈모에 대한 환자들의 반응도 제각각이다. 나이 든 환자들은 지저분하다며 깨끗하게 밀어버리곤 하지만, 젊은 여자들은 틈만 나면 거울 앞에 서서 우수수 떨어지는 머리카락을 보며 울음을 터뜨린다. 한창 나이에 아름다운 머릿결을 잃는다는 것은, 어쩌면 가슴을 잃는 것만큼이나 마음이 아픈 일이기 때문이다.

나도 마침내 머리카락이 빠지기 시작했다. 누군가 내게 머리를 깎으라고 권하기도 했다. 하지만 화학요법을 시작하고 나면 백혈구가 감소하기 때문에, 머리를 깎다가 살짝 베이기만 해도 감염될 위험이 있었다. 겁이 나서 나는 저절로 다 빠질 때까지 내버려두기로 했다.

그때부터 하루하루 탈모가 진행되는 내 얼굴을 찍기 시작했다. 다른 사람들은 모자나 두건으로 머리를 꽁꽁 싸맸지만, 남편과 나는 킥킥거리며 휴대폰으로 사진을 찰칵찰칵 찍어댔다.

한 올 한 올 빠지다가, 어느 순간 가장 무서운 단계에 접어들게 된다. 머리카락이 열 가닥 정도만 남아 있을 때가 그렇다. 움직일 때에는 듬성듬성 남은 몇 안 되는 머리카락이 살랑살랑 애처롭게 휘날린다. 그럴 때 거울을 보면 머리가 마치 '곰팡이 핀 감자'처럼 보인다. 아니, '골룸'이 더 어울리겠다. 에그 무서워!

하지만 그 마지막 단계마저 지나 모조리 빠지고 나면, 비구니처럼 오히려 예뻐진다. 그 상태가 되었을 때 남편에게 말했다.

"히히, 귀엽지 않아? 당신 머리같이 여기저기 쥐가 파먹은 것처럼 지저분하지는 않잖아?"

맥도널드는 말이 없었다. 우는 것도, 웃는 것도 아닌 이상한 표정을 지었다.

현실을 애써 외면할 생각은 없다. 영화 〈인생은 아름다워(La Vita E Bella)〉에서 주인공 로베르토 베니니가 아들을 위해 아우슈비츠의 참상을 코미디로 만드는 것처럼 현재의 상황을 아름답게 꾸미거나 치장하려는 것도 아니다.

말기 암 환자가 머리를 빡빡 밀고도 웃으며 사진을 찍는다고 해서, 병세가 더 좋아지거나 더 나빠질 것도 없다. 상황은 그저 상황일 뿐이다. 다만 나는 거기에 대항해 싸우거나 부정하기보다는, 인정하고 받아들임으로써 우리만의 소중한 시간을 더 알차게 보내고 싶을 뿐이다.

맥도널드, 나 그리고 '감자'는 누구보다 많이 웃을 필요가 있다. 물론 가슴속 깊숙한 곳에는 어찌할 수 없는 큰 슬픔이 들어앉아 있겠지만, 구태여 거기에만 집착해 매달려 있을 까닭은 없지 않은가?

우리는 언제부터인가 물 위에 떠 있는 나뭇잎처럼 출렁출렁 사는 법을 터득해가고 있었다. 거대한 통나무는 바위에 부딪혀 부서지거나 기슭에 걸리기 일쑤이지만, 나뭇잎은 물결 따라 흥겹게 출렁이며 끝내 넓은 바다에 이른다.

점심 식사 시간 이후, 잠시 외출했던 남편이 돌아왔을 때, 나는 깜짝 놀라서 외마디 비명을 지를 뻔했다.

남편이 빡빡머리가 되어 나타난 것이다.

"그냥 밀어버렸어. 당신 말대로 지저분하잖아. 나는 이제 운명에 의한 대머리가 아니라, 스스로 선택한 대머리가 된 거야."

남편이 겸연쩍게 웃었다. 그는 내 마음을 꿰뚫어 보고 있었던 것이다. 겉으로는 낄낄 웃으면서 명랑하게 거울을 보지만, 속으로는 여자로서의 자존심과 아름다움마저 잃은 지금 이 순간을 매우 슬퍼하고 있다는 것을.

맥도널드는 내가 모든 힘을 동원해 최후까지 웃고 즐기기로 마음 먹은 것을 이미 눈치 채고 있었다. 그래서 예전 같으면 채 5분도 이어지지 못했을 '말도 안 되는 농담'을 온종일 주거니 받거니 하며 나의 리듬에 맞춰주고 있는 것이다.

나는, 비록 말기 암 환자이지만, 어떤 의미에서는 세상에서 가장 행복한 여자라고 할 수 있다. 이런 남편을 둔 여자가 세상에 몇 명이나 있을까. 슬픔에서 힘을 뽑아낼 수 있는 남편을 둔.

눈물이 나려고 해서 남편과 눈을 마주치지 못했다.

수치 언니가 우리 둘을 번갈아 보고는 이렇게 농담을 해주었다.

"어머나! 우리 유방암 병동에 드디어 남자 환자까지 나타났네? 다정하게 포즈를 취해봐요. 내가 사진 한 장 찍어줄게."

다음 날, '감자'가 시어머니를 따라 면회를 왔다. 엄마에 이어 아빠까지 완전 대머리가 되고 나자, 녀석이 소외감을 느끼는 것 같았다. 가족 중에 자기 혼자만 머리숱이 많으니까 그럴 수밖에.

맥도널드가 데리고 나가서 녀석의 머리를 싹 밀어주었다. 우리 가족은 까까머리 삼총사가 되었다. 그날 저녁, 우리 가족은 특별 외출을 허락받아 상하이 시내에 나갔다. 셋이서 킥킥거리며 반짝이 가족 기념사진을 찍었다.

현실의 고난은 맞부딪혀 싸우거나 괴로워할수록 더 집요하게 구는 경향이 있다. 마치 싸우고 싶어 안달이 난 사람에게 말대꾸를 하면 할수록 더 기세등등하게 달려드는 것과 비슷하다. 하지만 반대로 콧방귀도 뀌지 않고 무시해버리면, 서서히 힘을 잃고 마침내는 사라져버린다. 상대가 반응이 없으면 싸움이 싱거워지고 재미가 없어지기 때문이다.

큰 병에 걸린 사람들은 대개 '얼마나 더 살 수 있을까?'를 고민한다. 하지만 그걸 누가 알겠는가? 기적적으로 회생하는 사람도 있을 테고, 생각보다 오래 사는 사람, 혹은 그 반대인 경우도 있을 것이다.

주어진 수명이야 자기 의지로 컨트롤할 수 없겠지만, 살아 있는 순간을 어떻게 누릴지는 얼마든지 컨트롤할 수 있다.

"살 수 있는 날들을 가늠하며 애태우기보다는
눈앞에 주어진 하루를 멋지게 살아가는 것이 훨씬
괜찮은 방법 아닌가? 그런 생각을 갖고 있다면,
슬픔마저 힘이 된다.**"**

기념사진을 찍고 보니, 우리 가족이 빛나는 대머리로 상하이의 밤
을 더욱 휘황찬란하게 만든 것 같다.

절망조차
희망의 씨앗을 품고 있다는 것

"이봐, 다른 건 모르겠고, 돈이 필요하면 꼭 전화해."

가끔 맥도널드의 친구들이 찾아와 그를 병실 밖으로 조용히 불러내 이렇게 말하곤 했다. 비쩍 마른 맥도널드에게 그 몇 마디가 요술 램프처럼 큰 힘이 되었다. 주머니가 텅 비어가는 와중에도 그런 '비빌 언덕'이 있었기에 의사에게 "돈은 신경 쓰지 말고 치료에만 집중하세요"라고 당당히 말할 수 있었고, 온갖 귀한 약재를 사다가 내 기운을 보충해줄 수 있었다.

병실에 누워 있으면서 성선설을 믿게 되었다. 사람들에게는 특유의 '좋은 에너지' 같은 것이 있어서, 그 에너지가 온전하게 모이면 비로소 병원에서 처방해준 첨단 항암제보다 몇 백 배나 강력한 행운 작용을 불러일으키는 모양이다.

가장 힘이 된 문자 메시지

맥도널드의 사촌 동생인 A는 내가 중병에 걸렸다는 소식을 뒤늦게 접하고 문자 메시지를 보냈다.

'형수님이 중병에 걸렸다고 들었습니다. 제가 돈이 없어 금전적으로는 도와드리지 못해 가슴이 아픕니다. 누가 그러는데 요즘 기술로는 간이든 콩팥이든 기증할 수 있다더군요. 필요한 것이 있으면 제 몸에서 떼어드리겠습니다.'

내가 유방암인 줄 모르고 보낸 메시지였다. 나는 배를 잡고 웃었다. 남편이 정색을 하고 말했다.

"이 녀석, 농담을 할 줄 모르는 놈이야. 정말로 그런 것들이 필요하다고 하면 달려올지도 몰라."

내 생각에도 그럴 것 같았다.

하지만 안타깝게도 A는 키 180센티미터에 50킬로그램밖에 안 나가는 말라깽이였다. 유방은 말할 것도 없고 가슴에 살조차 없었다. 그러니 그에게 유방을 기증해달라는 농담을 할 수가 없었다.

배운 것이 없고 순박하기만 한 그가, 자기 부인에게 유방을 떼어주라고 할지도 모르기 때문이었다.

문자 메시지를 아빠에게 보여드렸더니, "그래도 네가 사랑을 받으면서 잘 살았구나"라고 말했다.

진심이란 이런 것일까? '내 몸의 일부가 필요하면 얼마든지 말하라'고 이야기할 수 있는 것은 보통 용기가 아니다. 입장을 바꿔, 만일 A가 중병에 걸린다면 나는 그를 위해 내 집을 팔아 줄 수는 있을 것이다.

하지만 내 간이나 신장이 필요하다면? 내가 고민할까봐 두렵다. 나는 A만 못하다. 이렇게 써놓고 보니 부끄럽기만 하다.

가장 난처한 응원

미국에 살고 있는 같은 과 출신 남자 친구가 어디서 소식을 들었는지 이메일을 보냈다. 연락한 지 엄청나게 오래된 것 같은데, 갑자기 이메일로 등장해서는 한다는 말이 이랬다.

'여자가 유방암에 걸리면 대부분은 결혼 생활이 불행해진다고 들었어. 만약 네 남편이 너한테 잘해주지 않거나, 이혼 운운하면 가장 먼저 나한테 연락해. 내가 곧바로 비행기 타고 날아가 너랑 결혼해줄 테니까.'

나는 기세등등하게 맥도널드에게 이메일을 보여주었다. 그러자 맥도널드가 화가 나서 펄펄 뛰었다.

"유방암에 걸린 여자를 두고 나랑 쟁탈전을 벌이겠다는 놈이 있다니. 그놈 오라고 해! 나랑 며칠 바꿔서 살아보라고 해. 환자 엉덩이를 이틀만 닦아보라고. 그러고도 이런 소리를 할 수 있나, 어디 보자고!"

우리는 한참 동안 깔깔거리며 웃었다.

결혼 생활에도 예비 타이어가 있어야 한다는 생각을 해본 적은 없다. 그런데 갑자기 누군가 나서서 스스로 예비 타이어가 되겠다고 하다니.

하지만 그는 상황을 잘못 파악했다. 사실, 예비 타이어는 내가 아니라 맥도널드에게 필요했다. 만일 그가 여자라면 맥도널드에게 남겨주면 좋았을 텐데. 그러면 옵션도 생긴다. '감자'에게 미국 영주권도 생기니까, 얼마나 수지맞는 장사인가?

가장 난처한 선물

아빠의 오랜 친구 중 평생 농사만 지어온 아저씨가 있다. 그분은 내가 중병에 걸렸다는 소식을 듣고 답답한 마음에 온종일 담배를 피우며 지냈단다.

그러던 어느 날, 어떤 사람으로부터 두꺼비가 암에 좋다는 이야기를 들었다. 아저씨는 그날로 산속에 야영지를 만들고 며칠에 걸쳐 두꺼비를 잡았다.

아빠가 현관문을 열자 아저씨는 커다란 비료 포대를 짊어지고 있었다.

"어때? 이 정도면 충분하지 않겠어? 자네가 이놈들을 잘 고아봐. 친환경이니까 약효가 금방 있을 거야."

아저씨는 자신만만하게 소리치더니 두꺼비가 가득 담긴 비료 포대를 철퍼덕 내려놓았다. 포대 속에서 이상한 소리가 났다. '감자'를 돌보고 있던 시어머니가 그 속을 슬며시 들여다보는 순간, 속에서 두꺼비들이 꽥꽥 울어댔다. 시어머니는 너무 놀라서 털썩 주저앉았다.

물론 두꺼비는 아빠가 포대 째 가지고 나가 산에 놓아주었다고 했다.

어디선가 '절망은 원래, 구경하는 사람에게만 크게 보인다'는 구절을 읽은 것 같다. 체험을 해보니까 정말 그렇다.

우주는 치우침보다 균형을 원한다고 했던가? 극단적인 절망도, 허무맹랑한 희망도 결코 오래가지 않는다. 절망의 유효기간이 끝나갈 무렵이면 어김없이 희망의 메시지들이 속속 날아오기 시작한다.

그러면서 한쪽으로 치우쳤던 희망과 절망의 저울도 서서히 수평을 이루는 것이다. 오묘한 조화다.

내 생각에는 아무래도 이 세상에는 순도 100퍼센트의 순수한 절망이란 없는 것 같다. 아무리 짙은 절망도 가만히 들여다보면, 그 속에 미세한 희망의 씨앗을 품고 있다.

> "우리가 해야 할 일은 마음속에서 희망의 에너지를
> 찾아내어 다른 사람들의 좋은 에너지와 결합시켜
> 행운을 불러내는 것이다."

 J박사가 또 한 번 바람을 일으키며 병실에 나타나서는 이렇게 말했다.
 "위지안 씨(내 이름을 정확하게 부르다니!). 우리가 할 수 있는 것은 모두 다 했습니다. 당신 스스로도 많은 노력을 했고, 병세에도 진전이 있었습니다. 이제 남은 건, 신의 의지를 조용히 지켜보는 것뿐이라는 말씀을 드리고 싶네요. 퇴원해서 가족과 좋은 시간을 보내기 바랍니다."
 박사가 의료진을 이끌고 나가자, 남편이 나를 꼭 끌어안아주었다. 남편의 몸이 가늘게 떨리는 게 느껴졌다. 나는 그의 등을 말없이 두드려주었다.
 열네 번의 지옥 같은 치료를 끝낸 뒤에야 나는 집으로 돌아올 수 있었다.
 나는 사람들의 '좋은 에너지'가 모여 마침내 행운을 만들어냈다고 생각한다. 집으로 돌아오는 길은 마냥 행복하기만 했다. 나는 택시에서 남편에게 이렇게 말했다.

"맥도널드 씨! 아무래도 당신이 오늘이라도 빨리 몸져눕는 게 좋겠어. 이제는 내가 당신 엉덩이를 닦아줄 수 있게 말이야."

남편이 소리 없이 웃었다.

저녁에는 가족과 함께 조촐한 파티를 열었다.

스스로를 조금 더
소중하게 여겨야 한다는 것

'내가 왜 암에 걸렸을까'에 대한 비 학술적 보고서

'내가 왜 암에 걸렸을까?'

병원에서는 이 말만 꺼내면 아무리 떠들썩하고 유쾌했던 분위기도 단 몇 초 만에 쥐 죽은 듯 조용하고 숙연해졌다. 여기저기서 훌쩍훌쩍 우는 소리가 들려왔다. 어떤 환자는 "하늘도 무심하시지" 하며 통곡했다. 또 어떤 환자는 "내가 무슨 죽을죄를 지었다고 이런 벌을 받느냐"고 원망했다. 백이면 백, 모두 그랬다. 이 가슴 아픈 주제를 직시하는 환자는 만나지 못했다.

물론 나도 한동안은 이 문제를 회피하고 있었다. 어차피 병에 걸렸고, 아무리 땅을 치며 원망한들, 이미 내게 찾아온 암이란 운명을 원

점으로 되돌려놓을 수는 없을 테니까. 돌이켜봤자 상심만 커지는 일이어서 아예 생각하고 싶지도 않았다.

그러나 궁금한 건 반드시 풀어야만 하는 내 천성을 이겨낼 순 없었다. 상태가 호전되어 지금은 내 방 책상에 앉아 컴퓨터로 글을 쓸 수 있게 되니 그 문제가 떠올랐다.

비로소 그 문제를 정리해볼 때가 된 것이다. 객관적이고 과학적으로 '내가 왜 암에 걸렸는가?'를 분석하고 종합해보기로 했다. 물론 지금의 내겐 부질없는 짓이겠지만, 적어도 다른 사람들에게는 경고 정도는 되지 않을까 하는 마음이다.

그야말로 목숨을 걸고 암과 싸우면서 나의 몸과 마음은 이미 산산이 부서졌다. 아는 사람들에게는 이런 일이 일어나지 않기를 진심으로 바란다.

"누가 되었든, 설령 내가 가장 만나기 싫어하고 미워하는 사람일지라도, 그가 암에만은 걸리지 않기를 바라는 마음으로 이 글을 쓴다."

'나는 왜 암에 걸렸을까?'

한동안 나도 미칠 정도로 억울했다. 아무리 생각해도 내가 암에 걸렸다는 사실을 받아들일 수 없었다. 내가, 뭘 어쨌기에!

이제 고통이 가라앉고 몸을 움직일 수 있을 만큼 체력이 회복되어 이성적으로 생각해볼 수 있는 듯하다. 내가 무엇을 크게 잘못했기에 하늘이 이렇게 심한 벌을 내렸는지, 그게 아니라면 왜 이렇게 힘든 시험을 거쳐야만 하는지.

컴퓨터 화면에 뜨는 글자들이, 그동안 가슴에 고였던 눈물 잉크로 만들어진 것처럼 보인다.

먹는 게 문제였다

나는 처음 보는 음식도 언제나 기꺼이 맛보았다. 아빠가 요리사라서 다양한 요리를 맛볼 기회는 얼마든지 있었다. 그렇게 단련된 미각 덕분에 커서도 엽기적인 다큐멘터리 주인공처럼 온갖 것을 다 먹어보고 다녔다. 메뉴는 상상을 초월한다.

공작, 갈매기, 고래, 복어, 꽃사슴, 영양, 곰, 순록, 멧돼지, 뱀, 전갈, 지네, 캥거루, 악어……

그야말로 동물도감을 연상시키는 메뉴다. 특히 고래는 일본에 있을 때 많이 먹었다.

어느 날 우연히 텔레비전에서 '신음하는 지구'라는 주제의 다큐멘터리를 보게 되었다. 그제야 비로소 '아, 내가 무슨 짓을 하고 있었던 거야?' 하고 후회했다. 그동안 음식을 먹은 게 아니라 생명을 빼앗고 있었던 것이다. 나 스스로 다른 동물의 생명을 파괴함으로써, 자연의 조화를 무너뜨리고, 결국 내 몸의 조화마저 무너뜨리고 말았다. 공존의 지혜를 너무 늦게 깨달은 셈이다.

그 다음으로 후회되는 것이 폭식과 폭음이었다. 나는 자유로운 스타일이라 일을 할 때는 명쾌하고 시원시원하게, 먹을 때는 누구보다 많이 먹고 마시는 편이었다.

유럽에서 지낼 때도 엄청 먹기로 유명했다. 지도 교수가 나를 식사에 자주 초대했는데, 그 이유는 식욕이 없는 부인이 내 식성에 반했기 때문이었다. 내가 순식간에 접시를 비우는 것을 보면 부인도 식욕이 생겼다고 한다.

어릴 때부터 밥상에 고기가 없으면 투정을 부렸고, 고기 없이는 아무리 많이 먹어도 속이 허전한 기분이었다. 엄마는 나의 이런 식습관이 아빠 때문이라고 몰아붙여 아빠를 쩔쩔매게 했다.

아빠는 서른 살 무렵부터 국가 특급 요리사로 활동했다. 1990년대만 해도 지금처럼 고급 호텔이나 음식점이 많지 않아서 아빠가 단연 유명했고, 고급 식당 요리사의 3분의 1가량이 아빠의 제자였다. 아빠가 일하는 호텔 식당에 가면 아저씨들이 나를 떠받들다시피 극진히 모셨다. 그러면서 내주는 게 귀한 고기 또는 특수 부위였다.

고기뿐 아니라 해산물도 닥치는 대로 먹었다. 맥도널드의 집에 처음 인사를 갔을 때의 일이다.

그의 집은 작은 섬에 있었다. 집 안에 들어서자마자 식탁 위에 가득 놓인 해산물에 매료되었다. 나는 식구들이 묻는 말에 건성으로 대답하면서 음식과 '전투'를 벌였고, 내 앞에는 삼시간에 게 껍데기가 수북하게 쌓였다. 그의 어머니는 그 모습을 보고 단번에 마음에 들었다고 했다.

내가 말기 암 판정을 받은 지 얼마 지나지 않아 '책벌레' 맥도널드는 건강 및 식이요법 관련 책까지 두루 섭렵했다. 콜린 캠벨(T. Colin Campbell)의 저서를 비롯해 암을 치료하는 식사요법 등을 줄줄이 꿰었다.

"지안, 이것 봐. 당신의 식사가 문제였어. 일부 가공 우유에 함유된 카세인이 강력한 암 유발 효과가 있다고 하잖아. 그리고 동물성 식품 위주의 식생활은 비만이나 관상동맥 경화, 종양 같은 만성 질병을 일으키는 반면, 식물성 식품 위주의 식생활은 만성 질병을 예방하는 데 효과적이라고 나와 있어. 당신은 지금까지 이것과는 거꾸로만 살았지. 곡물이나 채소, 과일이 몸에 진짜 좋은 건데 거들떠보지도 않았으니."

침대에 누워 입을 벌린 채 맥도널드가 먹여주는 음식을 받아먹게 된 나는, 결국 화학요법을 시작한 날부터 호랑이과에서 토끼과로 운명이 바뀌었다.

생각해보니, 무분별한 식탐의 결과가 결국 나 자신에게 돌아온 것이었다. 남의 살(고기)을 탐하다 못해 종국에는 자신을 먹어 삼킨 셈이다.

잠과 휴식을 업신여겼다

요즘은 많은 젊은이가 암에 걸리거나 과로로 죽는다. 일찌감치 성인병에 걸리는 경우도 늘고 있다.

하지만 그 원인은 종종 당사자가 아닌, 전문가나 주변 사람의 분석으로만 종합되어 나온다. 이미 병에 걸린 당사자는 남은 시간이 많지 않아 글을 써서 세상 사람들에게 경고할 능력이 없고, 한편으로는 그럴 만한 의욕도 없기 때문이다.

반면 가르치는 것을 직업으로 삼았던 내게는, 여전히 젊은이들에게 진실을 알려야 할 책임과 의무가 있다고 생각한다. 이 글을 보는 사람 중에서 몇 명만이라도 생활을 바꿀 수 있다면, 그것으로도 내가 지금 글을 쓰는 게 헛수고는 아닐 것이다.

나는 평소 늦게 자는 습관이 있었다. 사실 내 나이 때 늦게 잠자리에 든다고 해서 그다지 큰일은 아니다. 하지만 늦게까지 잠들지 않는 것은 확실히 건강에 좋지 않다.

지난 10년을 돌아보니 새벽 두 시 이전에 자본 적이 거의 없다. 공부와 시험이라는 지고지순한 목표, 전화 수다와 채팅, 인터넷 게시판 글쓰기, 술집, 노래방, 볼링, 혼자 생각하기(자칭 사색) 등 별로 대단치도 않은 이유로 매일 새벽까지 잠들지 않았다. 가끔씩은 밤을 꼬박 새우기도 했다. 일찍 잠자리에 든다 해도, 그게 새벽 한 시였다.

암에 걸린 뒤 나는 《황제내경(黃帝內經)》 같은 중국 의학책을 읽기 시작했다. 여기 몇 구절을 인용해본다.

오후 5~7시는 신장의 기운이 왕성한 시간이다.
저녁 7~9시는 심포(心包)의 기운이 왕성한 시간이다.
밤 9~11시는 삼초(三焦)의 기운이 왕성한 시간이다.
밤 11~1시는 담의 기운이 왕성한 시간이다.
새벽 1~3시는 간의 기운이 왕성한 시간이다.
새벽 3~5시는 폐의 기운이 왕성한 시간이다.
새벽 5~7시는 대장의 기운이 왕성한 시간이다.

여기서 '왕성하다'는 것은, 그 시간에 해당 장기들이 주요 활동을 한다는 말이다. 양생의 관점에서 보면 이 시간에 장기의 활동을 방해해서는 안 된다. 인체의 기혈이 가치 없는 노동에 사용되는 것을 방지하는 것이 곧 휴식이요, 잠이다. 잠을 자는 시간에 모든 기혈이 '왕성한' 기관의 활동을 집중적으로 도울 수 있기 때문이다. 그러니 밤샘이나 늦게 자는 버릇이 오래 지속되면 몸에 좋을 게 하나도 없다.

암 판정을 받았을 때 간 수치가 꽤 높게 나왔다. 예전에는 간에 문제가 전혀 없었기 때문에 이상하게 생각했다.

'어째서 간 기능에 문제가 생겼지?'

간 기능이 나쁘면 화학요법을 계속할 수 없었다. 얼마 뒤 나는 이런 글을 찾았다.

> 밤샘은 간에 독약과 같다. 밤을 새우면 인체의 혈액이 머리로 집중되어 내장의 혈액 공급량이 상대적으로 줄어들고 간에 산소 공급이 부족해진다. 이것이 오랫동안 계속되면 간 손상을 유발한다.
> 밤 열한 시에서 다음 날 세 시까지가 간의 활동 능력이 가장 왕성한 시간이자 해독 작용을 가장 활발하게 하는 시간이다. 휴식을 취하지 못하면 간에 혈액의 흐름이 상대적으로 부족해져 이미 손상된 간세포가 회복할 수 없을 정도로 급격히 악화된다.

간은 인체에서 가장 큰 대사 기관으로, 간이 손상되면 온몸이 조금씩 파괴되는 것이라고도 할 수 있다. 그러므로 걸핏하면 밤을 새는 것은 날마다 조금씩 스스로 목을 조르는 자살 행위와 같다. 의사들이 밤 열한 시 이전에 잠자리에 들고, 새벽 한 시에서 세 시 사이에는 깊은 잠에 빠져야 한다고 권하는 데는 그만한 이유가 있는 것이다.

역설적이게도 암 판정을 받은 뒤부터 내 생활은 차츰 안정되었다. 객관적으로 보면 스스로 생활하는 능력을 잃어버린 상태였다. 물을 마실 때도 목을 들고 빨대로 마셔야 하니 밤새는 짓 따위는 상상도 할 수 없었다. 날마다 아빠가 끓여 온 '귀한 물'을 마시고, 천연 비타민 B를 복용하고, 잡곡 죽을 먹고는 고통 속에서도 충분히 자려고 노력했다.

그러자 신기한 일이 벌어졌다. 대부분의 환자들이 화학요법 치료를 받은 뒤로 간 기능이 나빠지는 데 비해, 나는 오히려 좋아진 것으로 나타났다. 2차 화학요법을 받을 때, 내 간 기능은 정상인 수준으로 회복되었다.

벼락치기로 살았다

이제는 자랑스럽기보다는 오히려 부끄러운 일이지만, 인생의 벼랑 끝에 서서 지나온 시간을 되돌아보니, 열 살 이후 20년 동안은 오로지 공부에 끌려 다니는 인생을 살았던 것 같다. 노는 것도 좋아했지만, 공부에서만큼은 어느 누구에게도 질 수 없었다.

'공부'라는 단어는 그 뜻이 깊고 묘하다. 오직 자신만이 그것을 통해 얼마나 얻었는지 파악할 수 있다. 그런데 나는 공부 그 자체에서 깨달음을 얻기보다는, 공부를 다른 것의 수단으로만 활용했던 것 같다. 경쟁과 승리의 수단.

공부라는 미명 아래 내 시간과 생명을 얼마나 낭비했는지는 나 자신만이 알 것이다.

꽤 오랜 시간 동안 나는 완벽한 '2W 스타일'이었다. 2W란 '시험 2주 전(two weeks)'에 비상 모드에 돌입한다는 뜻. 몸과 마음을 혹사시키면서 스스로를 극단으로 몰아넣었다. 잠을 줄여가며 온갖 방법으로 내게 고문을 가했다. 그러면서도 친구들 앞에서는 여유를 부렸다.

"오늘 아침에 그냥 대충 읽어보고 시험을 봤는데 용케 운이 좋았네."

이런 식이었으니 어떤 친구들은 나를 싫어했을 것이다.

나는 늘 스스로를 궁지로 몰고 시험에 들게 했다. 누가 선물거래 자격시험을 본다고 하면 나도 시험 교재를 사다가 봐야 했고, 공인재무분석사(CFA) 붐이 일면 같이 달려들어 경쟁을 벌여야 했다. 오로지 이기는 재미에 죽어라고 공부를 했다.

"지안, 또 무슨 쓸데없는 자격시험 공부를 하고 있는 거지?"

그때마다 맥도널드는 깡말라가는 나를 보며 이렇게 걱정하곤 했다. 그때 그의 걱정에 귀를 기울였어야 했다.

지금까지 그런 식으로 얼마나 많은 책을 억지로 외웠는지 모른다. 시험 2주 전부터 자신을 몰아쳐 힘겹게 외우다 보니, 시험이 끝나면 2~3일은 기절한 것처럼 누워 있어야 기운을 차릴 수 있었다.

병에 걸린 뒤에야, 비로소 예전의 습관이 얼마나 어리석고 해로운 것이었는지 깨달았다. 마치 도끼를 힘차게 휘두르듯 자기를 혹사시킨 그런 습관이 결국에는 몸의 면역 기능을 해친 주범이었던 셈이다.

맥도널드는 그런 나를 두고 '한 번도 수리를 안 한 낡은 자동차를 끌고 나와서, 밤낮을 가리지 않고 보름 동안 미친 듯 달리는 짓'이라고 비유했다. 그런 짓을 1년에 네다섯 번 정도만 하면, 아무리 튼튼한 소재와 부품으로 만든 자동차라고 한들, 금세 폐차가 되기 마련이다. 나이 서른에, 나는 이미 어떻게도 할 수 없는 폐차 신세가 된 것이다.

환경도 한몫했을 것이다

내가 암에 걸린 원인을 생각하다 보니 '환경'이란 주제까지 언급하지 않을 수 없게 됐다. 나는 노르웨이에서 환경 경제학 과정을 마친 뒤 돌아왔고, 푸단대학에 연구팀을 만들어 친환경 '에너지 숲'을 중국에 도입하기 위해 동분서주했다. 맥도널드 역시 대학에 연구팀을 구성해 친환경 신소재를 연구해왔다.

환경에 관심을 갖기 전의 나는, 털털한 스타일이라 주변 환경이 나쁘다고 불평해본 적이 없었다. 2001년 일본의 홋카이도에 다녀왔을 때에도 그곳의 깨끗하고 아름다운 환경에 감탄했지만, 그렇다고 해서 상하이의 환경이 나쁘다고 투덜대지는 않았다. 어떤 일본 사람이 상하이 공항에 내려 목이 아프다고 할 때도 속으로 '그렇게 환경이 불만이면 왜 내렸대? 그냥 돌아가지' 하고 비웃었다.

내가 '공기 오염'을 확실히 인식하기 시작한 것은 2007년 노르웨이에서 돌아왔을 때부터였다. 베이징 공항에 내리는 순간 눈이 따갑고 목이 콱 막혔다. 그제야 예전에 그 일본인이 생각났다. 어디에서든 맑은 공기를 접하기 어렵고, 마트는 시끄럽고, 도로에는 온통 제멋대로 달리는 자동차로 가득했다. 실제로 나와 비슷한 시기에 유학을 마치고 귀국한 친구들 가운데 상당수가 6개월 안에 몸져눕고 말았다.

맥도널드는 웃으며 이렇게 말했다.

"노르웨이라는 무균 실험실에 작은 중국 쥐들을 한동안 가둬놨다가 다시 원래 환경으로 돌려놓으니, 체내 면역 시스템과 항체가 병균의 침투를 막지 못한 셈이군."

맞다. 그로부터 몇 년 뒤 나는 유방암에 걸렸고, 또 한 친구는 흉선암 그리고 또 하나는 백혈병에 걸리고 말았다. 맥도널드는 "그때의 농담이 너무 심했다"면서 두고두고 자책하곤 했다.

조사를 하는 과정에서 놀라운 데이터를 찾아냈다. 상하이 질병예방통제센터 암 측정 통계 결과에 따르면, 상하이 여성의 암 발병률은 20년 전에 비해 두 배로 늘었다고 한다. 그리고 상하이 여성 100명 중 한 명이 암 환자라고 한다.

맥도널드의 프로젝트 가운데는 포름알데히드를 제거하는 나노 활성탄 연구가 있었다. 실험 중 우연히 포름알데히드 측정기를 켰는데, 갑자기 측정기가 비정상적으로 변했다.

일반적으로 포름알데히드 수치가 0.08 이상이면 인체에 유해하다. 그런데 모니터에는 0.87이나 나타났다. 주범을 찾으려고 물건을 하나하나 밖으로 꺼내며 측정했다. 마지막에 가구를 검사하는 순간, 맥도널드는 돌처럼 굳어버리고 말았다. 포름알데히드 수치가 엄청 높았던 것이다.

그 가구는 우리 집에서 한동안 쓰다가, 새로운 가구가 들어왔을 때 연구실로 옮겨놓은 것이었다.

그로부터 6개월 뒤에 나는 유방암 판정을 받았다. 의사는 "암이 발병하려면 오랜 시간과 과정이 걸리며, 몇 단계를 거쳐야 한다"고 말했다. 정상 세포가 암세포로 바뀌고 다시 종양으로 형성되기까지는 수년의 시간이 걸린다고 했다. 위험 요소가 유기체의 방어 시스템을 심각하게 파괴하고, 회복 능력을 떨어뜨려 세포 내에 변이된 유전자가 일정 정도 쌓인 뒤에야 암이 발병한다.

따라서 이런 가설도 가능하다.

'나의 유방암은 당시 그 가구에 의해 씨앗이 심어졌고, 암세포가 긴 세월을 기다리다가, 나의 체내 면역력 방어선이 조금 무너졌을 때를 노려 맹렬하게 돌진한 것 아닌가' 하는.

맥도널드는 아무 말도 하지 않았다. 나 역시 언급을 하지 않았다.

하지만 나는 안다. 맥도널드가 밤마다 혼자 가슴을 치며 원통해하고 있다는 것을. 실험실에 처박혀 거의 매일같이 포름알데히드 제거 신소재를 연구해온 사람이, 정작 자기 부인은 몇 년 동안이나 포름알데히드가 기준치를 엄청나게 초과하는, 극도로 오염된 환경에서 살게 내버려두었으니. 남편은 지금도 그렇게 굳게 믿고 있다.

'아니야, 맥도널드, 괴로워하지 마. 당신 잘못이 아니야.'

암의 정확한 원인은 누구도 알 수 없다. 단 한 가지 원인만으로 암에 걸리는 것도 아니다. 하지만 자기 삶을 이루는 여러 환경을 세심하게 둘러볼 필요는 있다. 잘못된 습관이나 오염된 환경에 수년간 노출되다 보면, 언젠가 손쓸 수 없는 상황으로 치달을 수도 있으니까.

어쩌면 암이란 자신의 삶과 환경에 대한 무관심 속에서 자양분을 얻는지도 모른다.

"그때 조금만 더 신경을 썼더라면 하고,
늦었지만 자꾸 후회를 하게 된다.
나 자신을 조금만 더 소중하게 여길걸."

왜 그때는 몰랐던 것일까. 눈물 때문에 모니터의 글자들이 흐리게 보인다. 모니터에서 눈물 잉크가 흘러내리는 것 같다.

다른 이의 마음에 심은 씨앗은 크게 자란다는 것

어릴 때 학교에서 '원거리 친구 돕기 운동'을 실시한 적이 있다. 도시의 아이들이 용돈을 아껴 농촌 아이들에게 학용품 값이나마 조금 보태준다는 취지였다. 친구로 맺어진 두 아이는 서로 편지를 주고받게 된다.

내 짝은 서쪽 끝 어딘가에 사는 W라는 아이였다. 나는 그 일에 굉장히 열성적이었다. 그런데 얼마 지나지 않아 그 운동 전체가 유야무야되고 말았다. 그냥 유행처럼 왔다가 가버린 사회활동에 지나지 않았던 모양이다. 얼마나 속이 상했는지 모른다.

혼자서라도 계속해나가기로 결심했다. 얼마 되지는 않았지만 용돈을 모아 W에게 보내고 편지도 계속 보냈다. 그렇게 8년이 지난 어느 날, 그녀에게서 이런 편지가 날아왔다.

'공부는 여기까지만 할게요. 더 이상 돈을 보내지 않아도 돼요, 언니.'

당시 그녀는 고등학교 1학년 과정을 마친 상태였고, 나는 대학생이었다.

8년 동안 학용품 값을 보탰다지만, 모두 합쳐도 1,000위안(18만원 정도 — 옮긴이)이 넘지 않는 액수였다. 당시 그 지역 물가가 상당히 낮았던 모양이다. 어렴풋이 기억나는데 첫해에 32위안을, 마지막엔 350위안을 보낸 것 같다. 요즘의 택시 기본요금도 안 되는 돈 32위안이 그때는 시골 소녀의 인생에 나름 도움이 되었다니, 기분이 참 묘하다.

나는 경제학으로 박사 학위를 땄지만, 재테크에는 그리 밝지 못한 편이다. 하지만 그녀에게 보낸 그 돈은 내 인생에서 가장 가치 있는 투자였다.

그런데 W와는 얼굴도 모른 채 8년 동안 편지만 주고받았을 뿐, 전화 통화 한번 해본 적이 없었다. 마지막 편지가 오갈 무렵의 나는 잦은 출국과 이사로 바쁜 나날을 보내고 있었고, 시간이 흐르자 그녀에 대한 기억도 점점 희미해졌다.

퇴원 후 가족과 즐거운 나날을 보내던 내가 말썽쟁이 '감자' 녀석의 뒤를 졸졸 따라다닐 때 휴대전화 벨이 요란하게 울렸다. 전화를 받자마자 누군가 난데없이 울음을 터뜨렸다.

"여보세요, 여보세요?"

대답 없이 울음소리만 이어져 그냥 전화를 끊었다. 하지만 곧바로 다시 전화벨이 울렸다.

"여보세요?"

누군가 또 대성통곡을 했다. 숨이 넘어갈 듯 울기만 했다. 그러다가 울음 섞인 말소리가 들렸다.

"언니, 저 W예요. 언니! 어떡해요. 엉엉……."

신기했다. 10년 가까이 소식이 끊어졌는데 어떻게 나를 찾아냈을까? 내가 말기 암 상태라는 것은 또 어떻게 알아냈을까?

W는 유리가게를 하는 남편과 잘 살고 있다고 했다. 얼마 후면, 아이들도 낳을 예정이란다.

"아이들?"

"쌍둥이거든요. 무거워서 다리가 코끼리처럼 퉁퉁 부었어요. 요즘은 제대로 걷지도 못해요."

나는 깔깔 웃었다.

"안타까워요, 언니. 당장이라도 언니한테 달려가고 싶은데……."

W는 그래서 남편을 상하이로 보낸다고 했다. 자기 대신 병문안을 시키겠다는 것이었다. 그냥 인사치레인 줄 알면서도 마음이 따뜻해졌다. 그리고 요즘 여자들의 힘이 이렇게 세졌구나, 하고 생각했다. 서쪽 끝에서 이쪽까지 오려면 차비만 해도 상당히 부담일 텐데.

며칠 뒤, 정말로 낯선 남자의 전화를 받았다. 사투리가 엄청 심했다.

"저, 저는 W의 남편입니다."

그러면서 상하이에 온 김에 나를 보러 오겠다고 했다. 그제야 '인사치레'가 아님을 깨달았다. '상하이에 온 김에'란 말도 곧이곧대로 믿을 수는 없었지만, 아무튼 그가 지금 상하이에 와 있는 건 분명했다. 완곡하게 '굳이 들르지 않아도 된다'고 말해주었다.

그러자 그가 다급한 듯 더듬더듬, 그리고 수줍게 말했다.

"도와주세요. 제가 그냥 돌아가면 아내가 문을 열어주지 않을 겁니다. 제발 꼭, 꼭 만나주십시오."

이불 속에 틀어박혀 책을 읽으며 MD가 오기를 기다렸다. 욕(중국에서 '제기랄'을 뜻하는 'made'의 발음 첫 자를 딴 것 —옮긴이)이 아니라 MD는 내 친구 부부의 이니셜이다.

남편은 맹(孟) 씨고 아내는 두(杜) 씨라서 이니셜을 합치면 MD가 된다. 이들은 2004년, 내가 노르웨이로 출국하기 전에 소개팅을 주선해 결혼에 골인한 커플이다. M이 홍콩의 금융업계에서 일하느라 두 사람은 현재 홍콩에서 살고 있다.

얼마나 지났을까? 초인종이 울리더니 M의 우렁찬 목소리가 들려왔다.

나는 미소를 지으며 이불에서 빠져나와 붉은색 전통 솜저고리를 주섬주섬 걸친 뒤, 모델처럼 요염하고 과장스럽게 '캣 워크'로 걸어가 그들을 맞이했다. 캣 워크와 솜저고리는 우리끼리만 통하는 추억의 소품이다.

먼저 캣 워크부터.

내가 출국 준비를 할 무렵 M과 D는 이미 연인이 되어 있었다. M은 나의 송별회 겸 자신의 연애 사실을 널리 알리기 위해 자리를 마련했다. 화끈하게 놀아보자는 취지로, 모두가 가장 요란한 차림으로 모이기로 했다.

우리 일행은 와자지껄 저녁을 먹은 다음, 당시 유행하던 술집으로 자리를 옮겨 신나게 놀았다. 그런데 나는 술을 급하게 마신 나머지 취해 탁자에 엎드려 그만 잠이 들고 말았다. 한참 자다가 어수선한 소리가 들려 깨 보니, 우리 팀이 옆 테이블 사람들과 싸우고 있었다. 특히 M은 두 남자로부터 일방적으로 얻어맞고 있었다.

자초지종을 따져보기도 전에 불끈 열이 받았다. 어린 시절의 '꼬마 깡패' 기질이 확 터져 나왔다. 이것들이 어디서!

나는 칭다오 맥주병을 거꾸로 들고 호랑이처럼 맹렬하게 달려갔다. 하지만 바로 그 순간, 누군가가 크게 소리를 쳤다.

"경찰이다! 모두 꼼짝 마!"

그 바람에 맥주병을 쳐들고 있던 나는 '현행범'으로 붙잡히고 말았다. 경찰서에 도착하자마자, 경찰이 진술서를 작성하기 위해 질문을 하기 시작했다.

"직업은?"

"푸단대학교 학생이에요."

"에? 푸단? 설마……. 일단은 뭐, 그렇다고 치고. 몇 학년?"

"박사 1년차입니다."

말이 끝나기 무섭게 경찰이 버럭 화를 냈다.

"뭐 푸단? 박사? 웃기고 있네. 푸단대는 중국 최고의 명문대인데, 너 같은 푸단대생이 어딨어? 똑바로 대답 못 해? 취한 척하지 마!"

그날 나는 반짝이 민소매에 핫팬츠 차림인 데다 은색 하이힐을 신고 있었다. 추울까봐 걸치고 나왔던 카디건은 어디로 사라졌는지 찾을 수 없었다. 어쨌거나, 화장만 하지 않았을 뿐 누가 봐도 길거리에서 캣 워크로 걸어 다니는, 그야말로 '좀 노는' 스타일이었다.

겉모습만 보고 나를 무시하는 경찰의 태도에, 체내에 남아 있던 마지막 알코올 기운이 확 달아올랐다.

나는 "이것 봐요!" 하고 일어나 고함을 지르기 시작했다.

"푸단이 어때서요? 박사는 얼굴에 써놓고 다니나요? 푸단대학 박사과정 학생은 이렇게 하고 술 마시면 안 된다는 법이라도 있나요?"

친구들이 뒤에서 보고 있다가, "와~" 하면서 박수를 쳤다. 맥도널드가 연락을 받고 달려와 그 경찰에게 손이 발이 되도록 빈 후에야 풀려날 수 있었다. 경찰서에서 나올 때에는 괜히 우쭐해져서 캣 워크로 걸어 나왔다. 친구들이 또 "와~" 하고 함성을 질렀다.

그 사건 이후로 친구들은 나를 볼 때마다 캣 워크 시늉을 하며 깔깔거리곤 했다.

다음은 붉은색 솜저고리.

나를 친자식처럼 아끼는 이모가 어느 날, 친구들과 함께 포커를 치다가 이런 얘기를 들었단다.

"좋은 솜이랑 귀한 천으로 잔치 때 입는 붉은색 옷을 만들어 입혀봐. 그럼 추위를 타는 체질이 확 바뀔지도 몰라."

이모는 안에 붉은 천을 대고 겉에는 빨간 바탕에 꽃무늬가 그려진 촌스러운 솜저고리를 하나 만들었다. 솜바지는 왼쪽이 터진 구식이었고, 붉은 천으로 허리띠까지 만들었다.

세상에, 그걸 나더러 입으란다. 그래도 이모의 정성이 눈물겨워 기쁘게 받아 입었다. 의외로 무척 따뜻했다.

그 뒤로 친한 친구들을 만날 때마다 장난삼아 솜저고리를 입곤 했다.

그리고 오늘, 오랜만에 MD 부부 덕분에 솜저고리를 입고 캣 워크를 하게 된 것이다. 우리는 까르르 웃으며 서로 얼싸안았다.

그런데 바로 그 순간, 열려 있는 현관문 앞에 생전 처음 보는 남자가 파랗게 질린 채 서 있는 게 눈에 들어왔다.

누구지? 집을 잘못 찾아온 사람인가? 아니면 택배 배달원인가?

한순간 적막이 흘렀다.

잠시 후 동그랗게 뜬 눈에 턱이 빠질 듯 입을 벌리고 멍하니 서 있던 그 남자가 기어들어가는 자신 없는 목소리로 말했다.

"여기가 위 선생님 댁인가요?"

나는 어정쩡한 표정으로 고개를 끄덕였다.

"네, 맞아요."

하지만 그는 못 믿겠다는 표정이었다.

"그러면 혹시 위 선생님…… 위 박사님?"

내가 다시 한 번 고개를 끄덕이자, 그는 여전히 믿을 수 없다는 듯 침을 꿀꺽 삼키더니 자기 신분을 밝혔다.

"저는 W의 남편입니다."

W의 남편은 여전히 미심쩍은 표정이었다. M이 어깨에 손을 얹고 집 안으로 안내하는 동안에도 자꾸 의심스러운 표정으로 머뭇거렸다.

"이봐요, 형씨. 맞아요. 맞아! 이 사람이 위 박사라니까요. 나하고 십년지기 친구예요."

집에 사람들이 모여들자, '감자'가 요란스럽게 구는 바람에 아빠와 함께 밖으로 내보냈다. 그러자 묵묵히 앉아 있던 W의 남편이 조심스럽게 물었다.

"위 선생님, 아이 이름이 뭡니까?"

"네? 제 아이요? '감자'요."

"아!"

어쩐 일인지, 그는 나의 대답에 거의 울상이 되었다.

"어째서 그런 이름을 지으셨나요?"

"예?"

"집사람이 말하길, 선생님은 우리가 아는 사람을 모두 통틀어 가장 많이 배운 분이라고 했습니다. 그래서 선생님께 우리 쌍둥이 이름을 지어달라고 부탁할 생각이었죠."

그는 진심으로 망설이는 것 같았다.

"저, 위 선생님. 집사람은 선생님이 자기 인생의 귀인이라고 했습니다. 그러니까 우리 아이들 이름 좀 지어주세요. 그런데……."

"예, 말씀하세요."

"이름으로 '감자' 같은 거 말고, 다른 걸로 지어주시면 안 될까요?"

웃음을 참느라 배가 아플 지경이었다. 그때 D가 끼어들었다.

"쌍둥이라, 그럼 한 명은 '무', 또 한 명은 '배추'로 하면 되겠네요. 무야, 배추야! 얼마나 귀엽습니까?"

M이 눈짓으로 D를 제지했다. 엄청나게 멀리서 찾아온 이 남자는, 적어도 무와 배추의 아빠가 되고 싶진 않은 게 분명했다. 순박하기 짝이 없는 그는 D의 농담을 진심으로 받아들인 것 같았다.

마침 물이 끓기 시작해서 차를 준비하려고 몸을 일으켰다.

그때 휴대전화 벨이 울렸다.

"전화기가 어디 있지?"

'감자'가 어디다 던져놓았는지 찾을 수가 없었다. 그 순간 W의 남편이 황급히 고개를 숙이며 "미안합니다" 하고 사과했다.

"정말, 정말 죄송합니다. 제가 잘못 찾아온 게 아닐까 해서, 집에 돌아가서 아내한테 혼이 날까봐, 전화로 확인을 좀…… 했습니다."

M과 D가 바닥을 데굴데굴 구르며 웃음을 터뜨렸다.

웃음이 잦아들 즈음 나는 그의 진심이 어느 정도인지 알게 되었다. 그는 전화기를 주머니에 넣고는, 품속에서 신문지로 겹겹이 싼 '벽돌 모양'의 뭔가를 꺼내어 테이블 위에 올려놓았다. 그건 틀림없는 돈뭉치였다.

순간 눈물이 핑 돌았다.

"안 돼요, 다시 집어넣으세요!"

나는 그에게 달려들어 실랑이를 하기 시작했다. W의 남편은 완강하게 저항했다.

눈짓으로 M에게 도움을 청했다. 돈을 다시 품에 넣어주려는 자와 거부하는 자, 거실에서 두 남자가 부둥켜안고 몽골씨름을 벌이기 시작했다. 엎치락뒤치락하다 마침내 W의 남편이 신문지 뭉치를 품에 넣더니 알아듣기 힘든 소리로 중얼중얼하며 밖으로 나가버렸다.

곧이어 쿵쿵거리며 계단을 내려가는 소리가 들렸다. 나는 한숨을 쉬었다. 간신히 승리한 것이었다.

그런데 그게 아니었다. 돈뭉치는 여전히 바닥에 놓여 있었다. 그가 품에 넣은 것은 그냥 신문지였던 것이다. 이걸 어쩌나?

W의 남편이 다시 나타났다. 게다가 이번엔 난생 처음 보는 우람한 몸집의 수탉 두 마리를 들고 있었다. 그는 이인삼각 경기처럼 두 마리의 다리를 묶은 채 뿌듯한 표정으로 닭을 소개하기 시작했다.

"이 닭은 집사람이 조를 먹여서 키운 겁니다. 인공 사료 같은 건 하나도 안 먹였으니 안심하셔도 됩니다. 집사람이 이 녀석들을 선생님께 갖다드리라고 했어요. 그런데 기차에는 살아 있는 닭을 실을 수 없다고 해서 방법을 찾다가 마침 이웃 사람이 트럭으로 상하이에 온다기에 얻어 타고 왔죠. 닭들이 달아날까봐 한쪽 다리씩 묶어놨는데, 어느 틈에 저 아래까지 내려가 있더군요. 그래서 냉큼 잡아왔죠."

나는 두 손을 모으고 허리를 깊이 숙인 뒤, 진심으로 감사하다고 말했다.

"하지만 이 돈은 받을 수 없어요."

그리고 돈뭉치를 M에게 건네주고는 W의 남편을 데리고 나가도록 했다. 그가 억지로 끌려 나가자 문을 닫고 잠가버렸다. 이제 문밖에는 M과 W의 남편만 남았다. 부디 M이 자신의 미션을 성공적으로 수행하기를…….

그 돈을 받을 수는 없었다. 순박한 남편과 착한 부인이 오랫동안

한 푼 두 푼 피땀 흘려 모은 돈을 어떻게 받는단 말인가.

곧이어 한 편의 촌극이 벌어졌다. 밖에서는 두 남자가 우당탕 씨름을 하고, 안에서는 새빨간 솜저고리를 입은 여자와 그 친구가 조마조마하게 기다리고 있었다. 이윽고 D가 문에 바짝 귀를 대고 바깥의 상황을 생중계했다.

집 밖에서는 셔츠 바람의 홍콩 비즈니스맨이 곰처럼 차려입은 시골 사람을 끌어안고 때 아닌 몽골씨름을 하고 있었다.

그때 전화벨이 울렸다. W였다.

"돈은 왜 보냈어? 내가 그걸 어떻게 받아?"

그러자 그녀는 내 걱정을 하기 시작했다.

"언니, 맛있는 것 사드시라고 보낸 거예요. 우리 돈 많이 버니까 너무 고집 부리지 마요. 건강에 해로워요."

눈물이 핑 돌았다. 그녀는 내게 설명을 해주었다. 18년 전에 받은 32위안이 자기 같은 농촌 여자아이에게 어떤 의미가 있었는지, 또한 초등학교 2·3학년에 학교를 그만두는 것과 고등학교 1학년 과정까지 마치는 것에 어떤 커다란 차이가 있었는지, 아울러 자신이 주변의 다른 친구들보다 많이 배워 현명해진 덕분에 어떻게 다른 인생을 살게 되었는지.

W는 반쯤은 울면서 자기 경험을 들려주었다. 나도 따라 울지 않을

수 없었다. 그리고 그녀에게 말했다.

"W야, 사실은 내가 더 고마워."

다른 사람을 돕는다는 것이 얼마나 큰 기쁨인지 이제야 알 것 같았다. 멀리 떨어진 친구 돕기 운동을 혼자서나마 우직하게 실천한 것이 이렇게 절절한 행복으로 되돌아올 줄은 몰랐다. 그것은 3만 2,000위안, 아니 3억 2,000만 위안으로도 살 수 없는 경험이었다.

대화는 다시 '돈뭉치'에 대한 현안으로 돌아왔다. W는 결국 나의 고집을 이기지 못했다.

"알았어요, 언니. 그 사람 좀 바꿔주세요."

현관문을 열고 두 남자에게 들어오라고 했다.

W와 통화하는 동안 W의 남편은, 임무를 마치지 못한 말단 직원처럼 난처한 표정을 짓고 있었다. W에게 꽉 쥐여서 사는 게 확실했다.

그때 M이 슬쩍 내게 다가와서 말했다.

"지안. 저 사람이 나한테 뭐라고 했는 줄 알아? 제발 위 박사님이 돈을 받게 해달라더군. 그렇게만 해주면 나한테 수고비로 200위안(3만 5,000원 정도 —옮긴이)을 주겠대. 들었어? 200위안이래, 200위안."

나는 안다. 홍콩의 금융 비즈니스맨인 M에게 그 200위안이라는 말이 얼마나 가슴 깊이 파고들었는지.

나는 그 법석을 떠는 사이에 생각해둔 아이 이름 둘을 정성껏 종이에 써서('배추'와 '무'라고 적지는 않았다) 고급스러운 봉투에 넣은 뒤

W의 남편에게 건네주었다. W의 남편은 가장 중요한 임무를 수행한 것에 뛸 듯이 기뻐하면서 허리를 굽혀 인사를 하고 돌아갔다.

특별한 하루였다. 그들 덕분에 하루를 즐거움으로 가득 채울 수 있었다. 가슴이 터질 것 같이 행복했다. 내가 이렇게 분에 넘치는 사랑을 누리게 될 줄은 정말 몰랐다.

> **"**사람이 잘 살아간다는 것은 누군가의 마음에
> 씨앗을 심는 일인 것 같다. 어떤 씨앗은 내가 심었다는
> 사실을 까맣게 잊어버린 뒤에도 쑥쑥 자라나 커다란
> 나무가 되기도 한다.**"**

살다가 혼자 비를 맞는 쓸쓸한 시절을 맞이할 때, 위에서 어떤 풍성한 나무가 가지와 잎들로 비를 막아주면 그제야 알게 된다.

'그때 내가 심었던 그 사소한 씨앗이 이렇게 넉넉한 나무가 되어 나를 감싸주는구나.'

누군가를 돕는다는 것, 누군가의 삶에 계기가 되어준다는 것은 그리 거창한 일이 아니다. 32위안이라는 사소한 씨앗이 어떻게 자라났는지 알게 된 지금, 오히려 더 많은 씨앗을 심지 못한 지난날들이 안타깝기만 하다.

누군가의
희망이 될 수 있다는 것

종교 서적을 읽기 시작했다. 어떤 책에서 '세 가지 보시(布施)'이
야기를 읽었다.

보시에는 재물로 베푸는 재시(財施), 진리를 가르쳐주는 법시(法
施), 그리고 두려움과 어려움을 함께 나누는 무외시(無畏施)가 있다.

재시는 지금의 나로서는 베풀기는커녕 받을 수밖에 없는 상황이
고, 법시 또한 이제 막 이해하는 단계이니 여력이 없다.

하지만 무외시는 나도 조금은 실천해볼 수 있을 것 같았다. 가진
것 없이도 가능하기 때문이다. 죽음의 문턱을 헤매다가 퇴원했고, 언
제 다시 부름을 받을지 알 수 없는 상황. 어지간한 어려움에 처한 사
람이 나를 본다면, 지금 자기의 고통과 아픔은 그런대로 참을 만하다
고 생각할 수도 있지 않을까. 물론 사람마다 상황이 천차만별이니까
장담은 할 수 없지만.

무외시를 가까운 사람에게 실천해보기로 결심했다. 상대가 나를 통해 두려움과 괴로움을 조금이나마 떨칠 수 있다면, 나의 남은 인생에도 커다란 의미를 보탤 수 있을 것 같았다.

어느 정도 외출이 가능해졌을 때, 제일 먼저 K를 보러 가기로 했다.

노르웨이에서 공부할 때 K부부를 알게 되었다. K부부가 남편 맥도널드의 동창이라는 사실을 알게 되어 더욱 친해졌다.

"K를 만나러 갈 거야."

맥도널드는 결사반대했다.

"누가 누굴 보러 가겠다는 거야?"

남편은 자기가 대신 다녀오겠다면서 혼자 만나러 갔다. 그러고는 돌아와 내 손을 잡고 그쪽 상황을 들려주었다.

"Y(K의 부인)처럼 연약한 사람이 그렇게 강해질 수 있다니, 믿어지지 않아. 눈에는 눈물이 그렁그렁 고였지만 얼마나 의연하게 처신하던지."

남편은 그들 부부가 어떻게 지내고 있는지 자세하게 들려주었다. 나는 소리 없이 눈물을 흘리다가 말했다.

"K를 봐야겠어. 내가 직접 가서 K를 만날 거야."

남편은 반대했고, 만나러 갈 기회는 좀처럼 오지 않았다.

그런데 얼마 뒤, 우리가 '오슬로 대장'이라 부르던 O가 상하이에

도착했다는 소식이 들려왔다. 그녀가 다른 사람들과 함께 나를 찾아왔다가, 곧바로 K가 입원해 있는 병원을 방문한다는 얘기를 전해 듣고 쾌재를 불렀다.

'그들과 함께 가면 되겠구나!'

K의 두려움과 괴로움을 내가 조금 나눠 가지는 '무외시'를 베풀고 싶었다. 둘이 만나 얼굴을 마주하면 서로 힘을 얻을 수 있을 것 같았다. 맥도널드도 여럿이 함께 간다는 말에 어쩔 수 없이 허락을 해주었다.

2007년, 노르웨이에서 석사 학위 취득을 앞두고, 숙소를 배정받지 못하는 바람에 K부부의 집에서 한 달 정도 신세를 진 적이 있었다. 그 기간에 우리는 마치 가족처럼 친해졌다.

포르투갈 문학 박사인 K는 오랜 유럽 생활을 하는 동안 스테이크를 많이 먹어서인지 키는 작아도 중국사람 같지 않게 건장했다. 외모만큼 성격도 아주 강인했다. 일을 할 때는 입이 쩍 벌어질 정도로 열정적이었으며 추진력도 대단했다.

그가 상하이로 돌아왔다는 소식을 듣고, K에게 전화를 걸었지만 기침이 너무 심해서 만날 수가 없다고 했다(나도 이미 암이 급속하게 진행 중이었지만, 이 당시에는 전혀 모르고 있었다).

"감기에 걸린 모양이군요. 나도 얼마 전에 허리를 삐끗해서 물리치료와 침을 병행하고 있어요. 건강이 좋아지는 대로 가족 동반 모임을 가져요."

K부부로부터 소식이 오기를 손꼽아 기다렸다. 하지만 믿기 힘든 소식이 날아왔다. 기침이 점점 심해져 병원에 갔다가 흉선암이라는 진단을 받은 것이다. 믿을 수가 없었다. K는 내가 만나본 사람 중 가장 강한 남자였다. 하지만 암은 강하고 약하고를 가리지 않고 빈틈만 있으면 쳐들어온다.

슬픔에 빠질 겨를도 없었다. 그 뒤를 이어 나도 암 선고를 받았기 때문이었다.

곰곰이 생각해보면 K와 나는 거의 비슷한 길을 걸었다. 내가 그랬듯이 K도 비슷한 시기에 극단적 치료 방법을 선택했다.

다른 점이라면 병에 대한 첫 번째 대응으로, 그는 극단적인 서구 기술(수술과 재수술, 3차 수술 등)을, 반대로 나는 전통 의학(침술과 한방약, 혈도 안마 같은 것)을 선택했다는 점이었다. 그리고 공통점은 우리 둘 다 자신의 첫 번째 선택만을 맹신한 나머지, 저승 문턱에 닿을 때까지 잘못 가고 있다는 것을 몰랐다는 것이었다.

불행 중 다행으로, 우리 둘 다 죽음의 고비를 넘기고 아직까지 살아 있다. 하늘이 지금까지는 어쩔 수 없었는지, 아니면 잠깐 모른 척해주고 있는 것인지, 어쨌거나 살아 있으니까 만날 기회가 이렇게 생긴 것이다.

K의 암 치료 후유증은 '중증 근무력증'이었다. 여기서 말하는 '무력(無力)'이란 뭔가를 들고 계단을 올라갈 수 없다는 뜻이 아니다. 음식물을 씹는 것조차 할 수 없어 코에 관을 꽂아 주사기로 유동식을 먹으며 목숨을 연명해야 한다는 의미였다. K는 그렇게 목숨을 이어가고 있었다.

맥도널드가 낑낑대며 나를 자동차에 태운 뒤 뒤쪽에 휠체어를 실어주었다. '오슬로 대장'이 모는 자동차가 상하이 북동쪽에 있는 병원을 향해 씽씽 달렸다.

휠체어에 탄 채로 15층까지 올라가 병실 문을 두드렸다.

해골처럼 앙상하게 마른 K가 침대에 누워 있었다. 코와 목에 튜브가 연결되어 있었는데, 거기서 그렁그렁하는 소리가 났다. 눈이 마주치자, K와 나는 누가 먼저랄 것도 없이 엄지를 세워 보이며 웃음을 지어 보였다.

"괜찮아, 우리 괜찮아!"

그때부터 우리는 손짓 발짓 해가며 쉴 새 없이 수다를 떨었다.

옆에서 보는 사람 입장에선 가관이었을 것이다. 등급으로 치면 '최고 등급' 환자인 두 사람이 암 따위는 대수롭지 않다는 듯 농담을 주고받는 모습이라니……

한 사람은 병원에서 할 수 있는 모든 조치를 마쳤지만, 끝내 암세포를 몸 밖으로 몰아내지 못해 집으로 돌려보낸, 그나마 거동은 할 수 있는, 언제 죽을지 모르는 환자. 다른 한 사람은 암세포는 모두 잡아냈지만, 후유증 때문에 병원에서 꼼짝 못하고 기약 없이 누워 있어야만 하는 환자.

두 사람 중에서 누가 더 나은 처지일까. 비교해봐야 의미가 있을 리 없었다. 우리 두 사람은 서로에 대해 깊은 연민과 슬픔을 느꼈다.

어쩌면 K와 나는 서로를 위해 자기 아픈 마음을 꾹꾹 눌러 밑으로 깔아놓았는지도 모르겠다. 내가 무외시를 실천해보겠다는 사명감으로 그를 만난 것처럼, K 역시 어떻게든 나에게 희망을 전해주고 싶어 했던 것 같다.

노르웨이에서 헤어질 때, 우리 둘 모두 얼마나 열정적이며 커다란 포부를 갖고 있었던가. 우리는 첫 비행에 나서는 독수리 같았다. 힘차게 하늘을 날며 오랫동안 꿈꿔왔던 이상을 실천할 태세였다.

그런데 지금은 독수리가 아니라, 병든 닭만도 못한 신세가 되어 산소호흡기와 튜브들을 몸에 주렁주렁 매단 채 '목숨 붙어 있는 게 어디냐'는 투로 인사를 나누고 있다.

하지만 독수리면 어떻고, 병든 닭이면 또 어떻겠는가.

예전의 우리는 멀리 구름 위까지 날아올라야만 비로소 성공과 행복을 얻을 수 있을 것이라고 믿었다. 하지만 하나는 침대에 누워서 말도 못하고, 또 하나는 휠체어에 앉아 그 모습을 바라보는 지금, 우리는 강인하며 열정적인 포부를 가졌던 그때보다 편안하고 만족스러운 미소를 지을 줄 알게 되었다.

　무외시의 가르침을 알 것 같다.

　**"가진 것 하나 없고 인생의 맨 밑바닥으로 떨어진들
　어떠리. 넉넉한 마음만 지킬 수 있다면
　우리는 여전히 누군가의 희망이 될 수 있는 것이다."**

피를 흘리는 순간에도
세상은 아름답다는 것

"감기를 조심해야 합니다. 절대 걸리면 안 됩니다. 화도 내지 마세요, 절대로!"

병원에 검사를 받으러 갈 때마다, 의사들은 틈만 나면 이렇게 신신당부했다. 첫 번째가 감기 조심, 두 번째는 분노 금지.

암 환자들은 면역력이 약해 감기에 쉽게 걸린다. 감기가 무서운 것은, 다른 합병증을 일으키기 쉽기 때문이다.

특히 항암 화학요법이나 방사선치료 기간에는 인체의 대사 능력이 모두 떨어지기 때문에 면역력도 급격히 저하된다. 따라서 감기 바이러스의 습격을 받으면 가뜩이나 취약한 면역 방어선이 붕괴될 가능성이 높다. 그렇게 되면 상상할 수 없는 많은 합병증이 따라오고, 결국에는 치명적인 결과로 치닫게 될 수도 있다.

그런데 덜컥 감기가 찾아오고 말았다. 맥도널드는 자기 때문이라며 괴로워했다.

맥도널드는 얼마 전, 일을 마치고 돌아와서는 "목이 좀 안 좋다"고 했다. 다음 날 아침에 일어나서는 "머리도 아프고 어쩐지 몸에 힘이 빠지는 기분"이라고 했다.

집안이 발칵 뒤집어졌다. 시어머니는 마귀라도 되는 양 당신 아들을 집 밖으로 내쫓았다. 맥도널드는 대학 근처 비즈니스호텔에서 신세를 져야 했다. 하지만 며칠이 지나도록 낫지 않는 가운데 호텔비도 부담이 되자, 대학 내 교수 숙소로 비집고 들어갔다.

시어머니는 내가 혼자 있을 때에는 택배 물건도 받지 못하게 했다. 누군가 찾아와 초인종을 눌러도 대답하지 말라고 신신당부했다.

그렇게 조심했건만, 집요한 감기 바이러스의 공격을 당해내지는 못했다. 그로부터 일주일 뒤에 나도 감기에 걸린 것이다.

식구들은 마치 폭탄을 맞은 것처럼 갈팡질팡했고, 나는 아예 격리되었다. 철저한 안정과 휴식을 위해 '감자'도 접근하지 못하도록 했다. '아빠표 음료'만 마셨고, 틈만 나면 비타민C를 다섯 알씩 먹었다. 마음을 가라앉히기 위해 R선생님이 가르쳐준 호흡법을 연습했다.

가장 마음이 아픈 건 맥도널드와의 전화 통화였다. 똑같이 목이 잠겨 말도 제대로 못하는 사람끼리 수화기를 든 채 끙끙대는 건 정말로 슬픈 팬터마임 같았다. 맥도널드의 제자 가운데 누군가가 한심하다는 듯 한마디 했다.

"통화가 어려우면 인터넷 채팅으로 하면 되잖아요."

다행히도 사흘이 지나자 감기가 말끔히 나아 '감자'와 잠시 놀았다. 엄마 곰, 아기 곰 놀이를 하자면서 나무에 올라타는 시늉을 하기에 녀석의 엉덩이를 살짝 들어주었다. 이렇게 아이와 몇 번이나 놀아줄 수 있을까 싶은 생각에 마음이 아팠다. 남은 시간이 많지 않을 텐데……. 그때 갑자기 목이 뻣뻣해졌다.

다음 날 아침에 일어났더니, 갑자기 귀뿌리 옆에 강렬한 통증이 밀려왔다. 문지르자 달걀만 한 혹이 솟아 있는 것을 느낄 수 있었다. 가슴이 철렁 주저앉았다.

'암이 드디어 뇌로 전이된 게 아닐까?'

암 환자들은 기본적으로 겁쟁이 초식동물이다. 바람만 살짝 불어도 맹수인 줄 알고 바짝 긴장하게 된다.

감기가 덜 나은 맥도널드를 대신해 아빠가 달려왔고, 가족 모두 온갖 난리를 치며 병원으로 향했다.

"정확한 검사 결과가 나와봐야 알겠지만, 지금 소견으로는 그냥 단순한 낙침(落枕)으로 보입니다. 잠을 잘 때 자세가 좋지 않아서 생기는 경우가 많죠. 걱정하지 않아도 됩니다."

병원에서는 따뜻한 수건으로 찜질을 하며 쉬라고 했다.

집으로 돌아와 침대에 누웠으나 전혀 안심이 되지 않았다. 의사가 내게는 진실을 말해주지 않는다는 느낌이 들었다. 뚜렷한 근거가 있는 건 아니었다. 지나치게 예민해졌는지도 모르지만.

어쨌거나 이미 내 마음에는 공포가 밀물처럼 몰려와 평상심이라는 촛불들을 모두 꺼버린 상태였다. '삶에 연연하지 않겠다'고 그토록 다짐을 했는데, 정작 이런 상황이 닥치니까 어쩔 줄 모르고 벌벌 떨다니. 내 자신이 한심해서 눈물이 찔끔 났다.

밤이 되자 두통이 점점 심해졌다. 통증 그 자체보다는 두려움이 더욱 견디기 힘들었다. 인터넷에 글을 쓰며 익명의 응원군들로부터 '좋은 에너지'를 얻으려 했다.

나는 두렵지 않아, 두렵지 않아.
내 신경은 강하니까.
두렵지 않아, 두렵지 않아.
믿어야 해. 암 전이란 그렇게 쉽게 되지 않아.

이틀 뒤 나의 증상은 결국, 낙침으로 판명이 났다.

나 혼자서 두려움을 키워가며 호들갑을 떤 것이다. 그래, 겁을 낼수록 결국 자기만 힘들어진다. 때로는 둔한 게 더 용감한 것임을 새로이 인식하게 되었다.

문득 옛날에 읽었던 루쉰(魯迅) 선생의 문장이 생각났다.

"진정 용기 있는 사람은 비참한 인생을 똑바로 쳐다보며,
뚝뚝 떨어지는 붉은 피를 외면하지 않는다.
슬프지만 이 얼마나 행복한 일인가?"

그때는 그 의미를 이해할 수 없었다. 비참한 인생이나 피를 외면하지 않는 게 왜 슬프지만 행복한 일인지.

이제는 알 것 같다. 인생은 불꽃놀이처럼 화려하지만 또한 피가 뚝뚝 떨어질 정도로 비참하다. 누구나 화려한 시기(전성기)를 거쳐 언젠가는 비참한 종말(본질적인 의미에서)을 맞이한다. 대개의 경우 전성기는 기쁘지만, 종말은 슬프다.

하지만 루쉰 선생은 큰 소리로 우리를 일깨우고 있는 것이다.

피가 뚝뚝 떨어지는 마지막까지, 고개 돌려 외면하지 않고 생을 마주할 수 있다면, 그것은 행복한 일이라고.

마지막 순간까지 이 아름다운 세상을 조금 더 느낄 수 있는 것이니까.

피를 흘리는 순간에도 세상은 여전히 아름다우니까.

나보다
가슴 아픈 사람이 있다는 것

오슬로의 겨울이 생각난다.

점심 무렵, 추위에 떨며 칼 요한 거리를 걷다가 검정색 토끼털 코트를 보았다. 세련된 디자인에 차분한 느낌을 주는 코트였다. 딱 일주일 동안 반값 할인 행사를 한다는 안내가 붙어 있었다.

그걸 보자, 엄마가 생각났다. 만나면 원수처럼 다투지만, 헤어지고 나면 자꾸 생각나고 보고 싶어지는, 어떤 면에서는 철부지 같은 엄마.

나는 모피를 좋아하지 않는다. '모피' 하면 중년 여성의 사치와 허영밖에 떠오르지 않는다. 그런데도 그때 망설였던 건 엄마 때문이었다. 토끼털 코트를 입고 친구들 앞에서 뽐내는 엄마의 모습이 눈에 선했다.

결국 신문배달 아르바이트로 모은 천금 같은 돈을 털어 그 코트를 사고 말았다. 그리고 엄마에게 전화를 걸었다.

신호가 갈 때, 나는 희미하게 웃었다. 뻔했다. 엄마의 반응은 둘 중하나일 것이다.

첫 번째, '어머 얘가 미쳤나봐. 괜한 데 돈을 쓰고 그래(속으로는 너무 좋아하면서)?'

두 번째, '어머, 정말? 우리 딸 최고야, 최고!'

대부분의 경우, 엄마는 비싼 것에는 첫 번째, 무난한 것에는 두 번째 반응을 보이곤 했다. 너무 순수해서 자기 마음을 감출 수가 없는 스타일이다.

그런데 그날은, 상상도 못했던 대답이 돌아왔다.

"그래서 언제 오는 거야? ······ 보고 싶어."

엄마는 문병을 올 때마다 얼굴이 더욱 까매졌다. 어디서 뭘 하기에 그렇게 바빴는지는 얘기하지 않았다. "나를 찾는 사람들이 원래 좀 많지 않니"하면서 교묘하게 피해나가기만 했다.

엄마한테 사과를 하고 화해하고 싶었지만, 그런 엄마를 보자 기껏 생각했던 마음이 싹 달아났다.

퇴원을 할 즈음에는 엄마 얼굴을 보기가 더욱 힘들었다. 맥도널드는 내가 엄마에 대한 불만을 드러낼 때마다 "장모님이 바쁘신 건, 좋은 일 때문이 아니겠어?"라고 말했다.

맥도널드가 무슨 뜻으로 그런 말을 했는지는 몰랐지만, 나는 엄마가 어디서 뭘 하건 마음이 편하기만을 빌었다.

만일 엄마가 내 곁에 계속 붙어 있었더라면, 그것도 골치가 지끈지끈 아팠을지도 모른다. 엄마가 옆에서 내 걱정을 한답시고 날마다 눈물 흘리며 신세 한탄만 한다면 틀림없이 내 병이 더 심해졌을 테니까.

다른 한편으로는 딸이 생사의 고비를 넘는 와중에도 자신의 일에만 바빠서 얼굴만 보여주고는 금방 사라지곤 했던 엄마가 서운하기만 했다. 이따금 찾아온 공포 때문에 남편의 손을 꽉 쥐고 지새우는 밤이면, 그런 엄마에 대한 복잡한 감정이 북받쳐서 나도 모르게 울음이 터져 나오곤 했다.

언제는 엄마가 마음 편하기만을 빌다가 언제는 또 섭섭해하고 원망까지 하다니, 정말이지 사람의 마음이란 간사하기 짝이 없다.

그러던 어느 날, 옛 친구로부터 전화가 왔다. 어린 시절에 친하게 지내다가 멀리 이사를 가는 바람에 헤어졌는데, 대학에 진학해 우연히 만나 '이런 우연이 어디 있겠느냐'면서 기뻐했던 친구였다. 다만 전공과 생활권이 달라 다시 친하게 지내지는 못했다. 친구는 산둥 쪽에서 교사 생활을 하고 있다고 했다.

"아프다면서? 미안해. 가까운 시일 안에 문병 한번 갈게."

친구는 어디서 들었는지 나의 근황을 세세하게 알고 있었다. 하지만 대화를 나누다 보니까, 다른 친구들 소식에는 어두운 게 이상했다. 궁금한 걸 참지 못해 물어보았다.

"그런데 내가 암에 걸렸다는 건 누구한테 들었어?"

친구가 엉뚱한 대답을 했다.

"너희 어머니한테 들었지. 그런데 어머니 몸살 안 나셨대?"

무슨 얘기를 하는지 알아들을 수가 없었다. 우리 엄마가 어떻게 산둥에서 교사로 일하는 내 친구를 만나서 내 얘기를 할 수 있었다는 것인지, 그리고 몸살은 또 무슨 말인지.

"엄마가, 왜?"

"나야 우연히 한 번 뵀지만, 날마다 그렇게 일을 하신다더라. 혹시 탈이라도 나는 것 아닌지 걱정이 되더라니까."

"그게 무슨 소리야? 엄마가 뭘 하는데?"

"너 몰랐어?"

친구는 이해할 수 없다는 투로 반문했다. 그러나 나야말로 친구의 말이 무슨 소린지 통 알 수 없었고 미궁 속으로 더욱 깊이 들어가는 느낌이었다.

"너희 어머니, 나무 심고 계시잖아."

깜짝 놀랐다. 내가 당황한 사이, 친구의 이야기가 이어졌다. 산둥의 산자락에 난데없는 '나무 심기 운동'이 벌어졌다는 것이다. 그런데 재미있는 것은 어느 정부나 단체가 주도하는 게 아닌, 자원봉사 아줌마들이 나서서 시작한 운동이었다는 얘기.

친구가 아이들의 학습을 위해 현장에 갔다가, 그곳에서 엄마를 만났다고 한다. 엄마는 다른 자원봉사자들을 이끌며 팔을 걷어붙이고 앞장서서 나무를 심고 있었다.

나는 그제야 어찌 된 일인지 이해할 수 있었다. 맥도널드가 '장모님은 요즘 바쁘시다'고 말했던 의미도 알 수 있었다.

엄마한테 '에너지 숲' 이야기를 한 적은 있지만, 그게 어떤 것이며 구체적으로 어떻게 해야 하는지, 상세한 정보를 준 적은 없었다. 더구나 내가 꿈꾸는 숲은 단지 나무를 심는 차원을 떠나, 여러 분야의 학자들과 함께 장기간 연구 수행해야 할 전문적인 프로젝트였다.

그걸 알 리가 없었던 엄마는 그저 내 꿈이 '숲을 가꾸고 나무를 심는 것이겠거니' 하고 뜻있는 여성들을 규합해 그런 운동을 만들어낸 것이다.

나는 북받쳐 오른 내 감정을 친구에게 들키기 싫어서 퉁명스럽게 말했다.

"어휴, 정말 못 말려!"

며칠 전부터 컨디션이 좋지 않았다. 귀가 울리고 머리가 아팠다. 몸이 천근만근 무거웠다. 움직이는 것이 귀찮아졌다.

그리고 오늘, 엄마가 왔다.

지금 엄마는 암 환자가 되어 자기 몫을 다 살아버린 딸을 멍하니 바라보고 있다.

"엄마."

엄마를 불렀다. 오랜만에 엄마와 함께하는 밤이다.

"그래."

낮게 울리는 엄마의 목소리가 귓가를 부드럽게 어루만져주는 것 같다.

"미안해."

"뭐가?"

"그냥…… 다…….."

엄마는 말이 없다.

정말 꺼내기 싫지만 언젠가는 꼭 해야 할 말이 있었다. 지금 그 얘기를 꺼내야 했다. 울지 않게, 용기가 필요한 순간이다.

"나, 가고 나면 엄마가 나무 심은 데, 거기 산자락에 뿌려줘."

그곳은 벌레가 꼬물거리고 새가 지저귀며 깨끗한 냇물과 푸른 나무가 있는 곳이다. 나는 상하이의 콘크리트 숲 근처에서 외롭게 떠돌고 싶지 않다고 말했다.

엄마는 말없이 고개를 끄덕였다.

"1년에 한 번씩 우리 '감자' 데리고 와줄 수 있지? 도시 아이니까 좋은 공기를 자꾸 맡게 해줘야 해."

나는 눈물을 참기 위해 왼손으로 가슴을 꾹 눌렀다.

"그래, 그러마."

나는 안다. 어둠 속에서 엄마도 두 손으로 당신 가슴을 꽉 눌러가며 참고 있다는 것을.

"그리고 엄마, 아빠…… 건강하게 오래……."

점점 감정을 통제하기 힘들어졌다. 나는 더 이상 말을 잇지 못했다.

너무도 살고 싶다.

차라리 날마다 아프고, 평생을 꼼짝 못하고 산다 할지라도, 이토록 사랑하는 사람들의 얼굴을 보고, 그들이 즐거워할 때 같이 웃을 수만 있다면 그 이상으로 바랄 게 없다.

좀처럼 잠이 오지 않는 밤이다. 잠든 엄마의 숨소리를 자장가 삼아 자려 해도 생각은 점점 또렷해지기만 한다.

엄마와 나의 공통점.

사람들과 잘 어울리고, 자기 일은 똑 부러지게 하는 억척 여장부. 그러나 아이의 엄마로서는 빵점짜리였다. 엄마는 나를 돌보지 못했고, 나는 외가에서 자라며 엄마를 원망했다. 그리고 나 역시 아들 '감자'를 내 손으로 키우지 못했다. 감자의 진짜 엄마는 시어머니나 다름없었다.

나와 엄마의 차이점.

나에게는 부모가 건재하다. 아빠가 관절염으로 고생을 하지만 그런대로 건강한 편이다.

엄마의 부모는 돌아가셨다. 그것도 줄줄이. 두 분이 삼촌과 이모에게 '철부지 막내 딸(나의 엄마)은 슬퍼하다가 건강을 해칠 수도 있으니까 연락하지 말라'고 당부했다는 것을, 얼마 전에야 알게 되었다. 엄마는 마지막 인사도 하지 못해 얼마나 슬펐을까. 노르웨이에 있던 나도 그렇게 많이 울었는데.

또 하나의 차이점.

이제 엄마는 당신의 부모를 먼저 보낸 데 이어, 딸까지 앞서 보내야 할 입장이 됐다.

가만 생각해보면, 엄마 입장에선 얼마나 기가 막힐까.

나는 세상에서 가장 몹쓸 딸이 되어버린 것이다.

잠이 오지 않는다. 머릿속에서 뭔가가 웅웅 소리를 내는 것 같다.

내일 아침에 내가 눈을 뜰 수 있을까.

만일, 내일 아침에 내가 영영 눈을 뜰 수 없을지라도 그건 실패가 아닐 것이다. 나의 가족은 온몸을 바쳐 나를 사랑했고, 나는 그 사랑의 힘으로 지금까지 정말 열심히 즐겁게 살아냈으니까.

" 만일 나에게 허락된 생이 여기까지라면, 그것만으로도 의미가 있을 것이다. 부모로부터, 남편으로부터, 그리고 친구들로부터 인간이 받을 수 있는 가장 위대한 사랑을 오롯이 껴안은 채 떠날 수 있는 최고의 행복을 누렸으니까.**"**

괴로운 게 있다면 여전히 받은 게 너무 많다는 것, 그것을 받은 만큼 돌려주지 못하고 떠나야 한다는 것이다.

아직 어린 '감자'에게 가족들은 내 몫의 사랑까지 약속했지만, 그래도 눈물이 그치지 않는다.

엄마로서 아이에게 해주지 못한, 가장 후회스러운 것이 있다면, 그건 추억을 함께 만들지 못했다는 것일 게다. 내가 떠난 후에도 아이가 되새겨가며 사랑을 느낄 수 있는 '지혜의 주머니.'

먼 훗날, 아이가 힘겨울 때에 다시 곱씹어 보면서 힘을 얻을 수 있는 추억을, 조금만 더 만들 수 있었더라면…… 아니, 내게 조금만 더 시간이 주어져 세상으로부터 받은 사랑을 아이에게 조금만 더 돌려줄 수 있다면……

눈물로 사랑을 만들 수 있다면 죽기 전까지 쉬지 않고 울 수 있을 것만 같다. 하지만 그럴 수 없다는 게 조금은 원망스럽다.

그래도 나는 삶의 끝에 와서 많은 것들을 알게 되었고, 그래서 더 많이 즐겁고 행복할 수 있었다.

한때는 나만 아프다고 생각했고, 그게 너무 억울해서 세상을 경멸하고 증오했다. 하지만 이제는 안다. 내가 아무리 아파도, 세상에는 나보다 더 가슴이 아픈 사람이 있다는 것을.

"좋은 삶이었고, 이 세상은 어지러울 정도로 아름다웠다. 후회 없이, 화내지 않고 떠날 수 있어 참 좋다."

Epilogue

어떤 영혼은 누군가의 마음속에
별이 되어 영원히 빛난다는 것

이 글은 위지안의 친구가 쓴 것으로 그녀의 마지막 모습을 기록한 유일한 글입니다. – 편집자

2011년 4월 19일 새벽 다섯 시, 전화벨이 울렸다. 그 순간까지도 나는 희망을 가지고 있었다. 그러나 수화기 너머로 맥도널드의 잠긴 목소리가 들려왔다.

"그녀가 떠났습니다."

그 무렵, 위지안의 상태는 급격히 악화되었다. 하루가 다르게 쇠약해졌다.

나는 그녀가 세상을 떠나기 전까지 날마다 병원을 찾아가 그 아름답던 생명의 불씨가 조금씩, 조금씩 꺼져가는 것을 지켜보았다. 당당하고 아름다웠던 자태는 마치 아이의 몸처럼 작아졌고, 말을 할 수 없어 눈짓 인사만 간신히 나누어야 했다.

얼마 뒤 호흡이 가빠지고 심박 수도 빨라졌다. 그 연약해진 육체가 생명의 끝을 향해 달려가고 있는 듯했다. 그리고 18일 밤 아홉 시부

터 그녀는 의식을 완전히 잃고 혼수상태에 빠졌다.

지안의 어머니는 침대 옆 작은 의자에 앉아 바늘자국으로 온통 퍼렇게 된 딸의 오른손을 잡은 채 뜬눈으로 밤을 보냈다. 어머니는 그 전날, 실신을 하기도 했다. 의사가 말한 '마음의 준비'를 어머니는 하지 못하신 것이다.

남편 맥도널드도 포기하지 않았다. 그는 지안이 보통 여자가 아니니까 여전히 희망이 있다고, 이 고비를 넘길 수 있다고 굳게 믿었다.

내가 병원을 떠난 것은 19일 새벽 한 시 정도였다. 맥도널드가 엘리베이터 앞까지 나를 배웅했다. 고개 숙인 그의 마른 얼굴을 보니까, 위로의 말도 어쩐지 겉치레 같아서 해줄 수가 없었다. 오히려 맥도널드가 나의 어깨를 탁탁 두드려 위로를 해주고는 중환자실로 돌아갔다.

나는 그날 밤새 뒤척이며 잠을 이룰 수 없었다. 그리고 결국, 새벽 다섯 시에 그녀가 떠났다는 전화를 받았다.

나는 위지안의 학교 동창이다. 우리는 같은 도시에서 같은 학교에 다녔지만 서로를 알지는 못했다. 공교롭게도 같은 반이었던 적이 한 번도 없었다. 그러나 대학 졸업 여행을 어떤 섬으로 갔다가 그곳에서 우연히 지안을 만났다. 그때 묵은 민박집이 남편 맥도널드의 고향 집이었다. 우리는 이야기를 나누다가 '빙 둘러서 뒤늦게 만난 인연'에 놀라며 금방 친해졌다.

그녀는 한 번만 봐도 기억에 또렷이 남는 여자였다. 초롱초롱한 눈망울에 시원시원하고 빠른 말투, 천성적으로 강한 정의감까지, 누구든 좋아하게 되는 스타일이었다. 그때까지 나는 그녀처럼 재능이 많고 학업, 사랑, 일을 모두 훌륭하게 해낸 사람을 본 적이 없다.

그녀는 입버릇처럼 말했다.

"세상에는 좋은 사람도 많고 즐거운 일도 많아. 새로운 경험을 할 때마다 이런 생각이 드는 거 있지? 내 인생이 아직 다 쓰지 못한 소설 같다는."

그런 그녀가 서른 문턱에서 중병으로 쓰러져 죽음에 한 걸음 한 걸음 다가가게 될 줄을 그 누가 알았을까.

19일 아침이 아직 밝아오기도 전에, 그녀를 사랑하는 사람들이 모두 모였다. 우리에겐 그녀가 너무 일찍 떠나는 바람에 마치지 못한 일들을 어떻게 물려받아야 할지, 계획을 세우고 실행해야 할 책임이 있었다.

지안의 어머니는 침착하게 지안의 유언을 전했다. 그녀는 산둥의 숲에 자신의 재를 뿌려달라고 했다.

그 후 며칠이 지났다. 내 마음속에 지안이 남긴 글들은, 시간이 지날수록 더욱 큰 감동으로 다가오고 있다. 그녀의 글은 암 투병기나 건강 이야기가 아니었다. 영혼과 깨달음에 대한 이야기였다.

생의 마지막 5개월 동안, 그녀는 삶과 죽음의 무게를 완전히 내려 놓았고 순수한 마음으로 인생을 되돌아보면서 글을 썼다. 그녀의 글에는 그 어떤 조급함이나 욕망, 가식 같은 것이 섞여 있지 않다. 그저 평범하지만 끝끝내 당당했던 인간의 모습이 담겨 있을 뿐이다.

그동안 지안의 블로그가 유명세를 타자, 중국의 언론 매체들은 그녀에게 '항암 여전사'니, '블로그의 현인'이니 하며 온갖 수식어를 갖다가 붙였다.

틀린 말은 아니다. 하지만 정작 중요한 점을 놓쳤다.

지안은 '좋은 사람'이었다. 가장 확실한 것은, 그녀가 정말 좋은 사람이었다는 사실이다.

생의 마지막 순간에 임박해 두려움에 떨면서도, 그녀에게는 두 가지 집착이 있었다. 하나는 가족에 대한 사랑이었고, 다른 하나는 그녀의 꿈이던 '에너지 숲'이었다. 머나먼 노르웨이까지 가서 키워온 그녀의 순수한 소망.

그녀는 말기 암 판정을 받기 직전까지도 그 꿈을 소박하게나마 이뤄보기 위해 자신의 모든 열정을 쏟아 부었다. 그러나 뭐가 그렇게 급했는지 서둘러 떠나는 바람에 '에너지 숲'은 그녀를 사랑하는 사람들의 숙제로 남겨졌다.

지안, 거기서도 내가 지금 쓰는 글을 볼 수 있는지 모르겠지만, 안심해도 돼.

푸단대학과 중국-노르웨이 학자연합회가 공동으로 나서서 에너지 숲 프로젝트를 지원하기로 했으니까.

그러니까 안심하고 편히 쉬어.

그리고 지안, 너는 알고 있니?

네가 쓴 글이 곧 출판되어 더욱 많은 사람들의 인생을 바꿔놓게 될 거라는 것을.

지안, 나는 지금 이 글을 쓰다가 불현듯 깨달았어.

"어떤 영혼은 사라지지 않고, 누군가의 마음속에
별이 되어 영원히 빛난다는 것을."

2011년 4월 25일 밤

이 책은, 그녀를 한 방에 무너뜨린 운명조차
그녀에게서 끝끝내 빼앗아가지 못한 '영혼의 기록'이며,
우리에게 '오늘 내가 살아갈 이유'를 가르쳐주는 인생교본이다.

이현아 옮긴이

이화여자대학교 통역번역대학원 한중번역학과를 졸업했다. 대학 졸업 후 잡지사와 출판사 편집자로 일하다가 현재는 전문번역가로 활동하고 있다. 역서로는『괜찮아, 하룻밤 자고 나면 좋아질 거야』『보물이 숨긴 비밀』『지하철로 즐기는 세계 여행 - 뉴욕』등이 있다.

오늘 내가 살아갈 이유

초판 1쇄 발행 2011년 12월 20일 초판 100쇄 발행 2024년 8월 23일

지은이 위지안 옮긴이 이현아
펴낸이 최순영 기획 위즈덤베이글

출판1 본부장 한수미
와이즈 팀장 장보라

펴낸곳 (주)위즈덤하우스 출판등록 2000년 5월 23일 제13-1071호
주소 서울특별시 마포구 양화로 19 합정오피스빌딩 17층
전화 02) 2179-5600 홈페이지 www.wisdomhouse.co.kr

ISBN 978-89-5913-661-2 03820